Henrich Editionen

saskia hennig von lange

der baum denkt

Illustrationen von Lukas Kummer

Prolog

Viele sind gekommen. Ich höre, wie sie reden, trotz des Rauschens im Hintergrund, und ich höre, was sie sagen, während sie an mir herumklopfen, in mich hineinschauen, mein Holz zwischen ihren Fingern zerreiben. „Totholz", sagen sie, „das hier ist Totholz. Das musste früher oder später passieren. Auch wenn nicht so schnell damit zu rechnen war." Totholz haben sie gesagt. Trotzdem bin ich noch da und kann hören, was sie sagen, und spüren, wie einer hinaufsteigt auf mich, das ist einfacher geworden jetzt, und prüfend an einem der stärkeren Äste zieht. „Das muss gesichert werden", sagt er. „So können wir das nicht lassen." Ich bin noch da. Auch wenn meine Wurzeln den Boden kaum noch erreichen, auch wenn sie kein Wasser mehr daraus saugen. Ich habe mich gewöhnt an diese Trockenheit. Es ist nicht schlecht, ich bin trocken und alt und knarzig. Aber tot bin ich noch nicht, auch wenn das so aussieht für alle, die hier vorbeikommen. Ein paar Wurzeln stecken doch noch in der Erde, und da ist die eine, die weit in mich hineingewachsen ist, die mich in meinem Inneren berührt, aber das ist eine andere Geschichte. Durch meine Äste fährt der Wind und das fühle ich auch. Einige Blätter sind auch dieses Jahr da und ich lasse sie jetzt fallen, wie ich das schon immer getan habe. Und noch immer bin ich ein Unterschlupf für Vögel und andere Tiere. Es kann sich nach wie vor jemand verstecken in mir und seine Geheimnisse bei mir lassen. Es kann sich jemand an meinen trockenen Stamm lehnen. Etwas in meine Rinde ritzen, das fühle ich, aber das tut mir nicht mehr weh. Das passiert sogar ab und an, das passiert seit hunderten von Jahren und das geschieht auch jetzt noch. Ich stehe hier schon lange genug. Ich konnte mir einen Begriff von den menschlichen Dingen machen. Und wenn sich jemand Zeit nimmt und ein bisschen bei mir stehen bleibt, wenn der genau hinhört, dann habe ich ihm ein paar Dinge zu erzählen. So, wie ich sie ihr damals erzählte und immer noch erzähle, auch wenn ich heute andere Worte dafür benutze. Andere Worte und eine andere Stimme.

1

Mit dieser anderen Stimme erreiche ich sie immer noch. Jetzt sogar besser als damals. Auch wenn es nicht mehr ruhig ist hier. Von hinten rauscht es und dieses Rauschen wirbelt durch meine hohle Mitte und verfängt sich in ihr, setzt sich dort fest. Das Rauschen ist immer da, tags mehr, nachts weniger, still ist es schon lange nicht mehr. Ich erinnere mich an Nächte, viele waren es, in denen ich nur die Tiere hörte und wie der Wind in mich fuhr und meine Blätter wehten und raschelten. Doch dieses Rauschen, das jetzt um mich ist, das kommt nicht aus mir und auch nicht vom Wind, das kommt von woanders her. Das haben die Menschen gebracht. Sie kamen mit einem großen Lärm, und als er vorbei war, wurde es nicht mehr still. Etwas war anders geworden, und das war nicht die erste Veränderung in all der Zeit. Die Menschen gingen, das Getöse blieb. Es wurde stärker von Jahr zu Jahr, aber ich habe mich daran gewöhnt. Ihre Schritte habe ich trotzdem jedes Mal schon von Weitem gehört. Käme sie heute, würde ich sie immer noch sofort erkennen. Ihre schnellen Füße und wie sie den Weg entlangjagen. Jetzt wäre sie auf der Anhöhe, gleich wäre sie da. Ein Stocken, ein kurzes Zögern nur, und weiter. Jetzt würde sie sich hinsetzen, den Rücken an meinem Stamm, die Beine lang im Gras. Ihr Hinterkopf und wie er über meine Rinde reibt, wie ihre Haare sich in der Borke verfangen. Doch da sind keine Haare mehr, keine Füße. Kein Kopf. Sie muss sich nicht mehr auf den Weg machen. Sie ist längst da.

Manchmal kam sie allein, manchmal mit den anderen Kindern. Sie sind in meine Äste geklettert, haben sich aus Brettern einen Sitz gebaut. Haben oben gesessen, mit den Beinen gebaumelt, geschrien oder sich Geheimnisse zugeflüstert. Wenn es dämmerte, sind sie wieder gegangen. Haben sich heruntergelassen oder sind gesprungen. Die schnellen Kinderfüße und wie sie sich entfernen. Manchmal blieb sie, wenn die anderen schon fort waren. Hat nichts gesagt, bloß am Boden gesessen oder neben mir gestanden, eine Hand am Stamm. Hat darübergestrichen, zart, nicht so wie die anderen. Da habe ich mir manchmal gewünscht, ich hätte auch eine Hand.

Einmal, die Kinder spielten in der Abenddämmerung Nachlaufen, dröhnte die Stimme eines Mannes weit über das Feld. Ich hatte diese Stimme schon ein paar Mal gehört, in diesem Sommer und auch im Jahr davor. Sie gehörte zu dem Mädchen. War das Mädchen da, kam bald die Stimme und holte sie weg. Auch jetzt rief sie nach ihr. Die anderen Kinder liefen davon, leise, kein Kreischen und Johlen diesmal. Nur die schnellen Schritte auf dem Feldweg, der schnellere Atem. Ein unterdrückter Schrei, ein Kichern, die Hand vor dem Mund. Dazwischen die harte Stimme des Mannes, die näher kam, lauter wurde, drohte und fluchte. Und dann ihr warmer Körper, wie er sich an mich presste. Ein Paar kleiner Hände, die einen der unteren Äste umfassten, und Füße, die sich gegen meinen Stamm drückten. Das Mädchen kletterte höher und höher, weit in meine Krone hinein, die damals noch dicht war und grün. Ich schob sie sacht vorwärts und schloss meine Blätter um sie. Unten der Mann schrie und schrie, aber er wagte sich nicht hinauf in mein dichtes Grün. Irgendwann gab er auf und ging schimpfend davon. Das Mädchen aber blieb.

Zuerst waren wir beide still und damals gab es auch das nächtliche Rauschen noch nicht. Ich kann nicht sagen, wie lange das her ist, nur, dass sie da noch ein Kind war. Die Menschenzeit vergeht schneller als die Zeit der Bäume. Sie kauerte auf einem meiner Äste, den Kopf gegen den Stamm gelehnt, die Arme darum geschlungen. Sie saß da, atmete, und ich spürte ihren Atem und spüre ihn jetzt noch, wie er warm gegen meine Rinde schlug. Ich gab etwas nach, so dass sie es bequemer hätte und nicht herunterfiele. Sie schmiegte sich an mich, legte die Arme noch fester um den Stamm und schlief ein.

Im Morgengrauen ist sie behutsam heruntergeklettert und dann wie der Wind davon. Und ich stand da. Den ganzen Tag über habe ich an sie gedacht und mich gefragt, was sie wohl tut in dieser Welt, die ich nicht kenne. Denn ich mag zwar uralt sein und vieles erlebt und gesehen haben, aber immer nur das, was zu mir kommt. Ich kann hier nicht weg. So ist die Natur, die einen laufen herum und suchen nach einem Ort, an dem sie bleiben können, und die anderen haben von Anfang an diesen Ort und kommen niemals weg davon. Aber an dem Tag, als sich das Mädchen sich von mir löste, als ich ihre schnellen Füße auf demselben Boden spürte, in dem meine Wurzeln schon seit Jahrhunderten steckten, da habe ich zum ersten Mal gedacht, wie schön das sein muss, davonzulaufen, den Boden unter sich zu fühlen und wie er weggleitet, wie sich um einen herum alles verändert und man vorwärtskommt. Da habe ich zum ersten Mal so etwas wie Sehnsucht verspürt, dass ich fortwollte. Eine solche Sehnsucht kannte ich vorher nicht, nicht einmal das Wort dafür kannte ich. Das habe ich beides erst von ihr gelernt.

Am nächsten Abend kam sie wieder, es war schon fast dunkel, als ich erst ihre Schritte hörte und dann bemerkte, wie sie zu klettern begonnen hatte. Schnell war sie. Sie saß lange und aufrecht da. Schließlich sagte sie: „Danke", und nach einer Weile setzte sie hinzu: „Wegen gestern." Ich schwieg. Was sollte ich auch sagen? Ich verstand sie zwar, so wie ich die Menschen immer verstanden hatte, aber mir fielen kaum Worte ein, es war lange her, seit ich das letzte Mal gesprochen hatte. Und sie rechnete nicht mit einer Antwort. Bäume sprechen selten, kaum jemand weiß, dass wir es können. Sie aber saß so lange und geduldig da, bis ich mich doch auf ein paar Worte besann. „Es ist schön, dass du da bist", sagte ich. Sie zuckte zusammen, nahm die Hände von mir. Es dauerte eine Weile, bis sie sich wieder an mich drückte, diesmal ein bisschen fester.

Danach kam sie jeden Abend und blieb oft die Nacht über. Am Anfang hörte ich noch manchmal den Mann mit der lauten Stimme, wie er näher kam und nach ihr rief. Er suchte sie im Feld und auf den Wegen, schaute auch nach oben, zwischen meine Äste, aber ich verbarg sie so gut, dass er sie nicht entdecken konnte und es bald aufgab, sie bei mir zu suchen.

Anfangs sprachen wir nicht viel, aber dann fing sie an zu erzählen. Es war nicht einfach, ich wusste kaum etwas von der

Welt. Und vieles verstand ich nicht. Was eine Schule ist, überhaupt eine Stadt, eine Kirche. Ja, das Läuten hatte der Wind manchmal herübergetragen und jetzt wusste ich, was es war. Ich hatte früher von der Stadt gehört, in dieser anderen Zeit, als die Leute noch zu mir kamen, um ihre Streitigkeiten zu schlichten. Da ging es oft um Haus und Hof, um die Angelegenheiten des Orts. Obwohl die Menschen oft nicht so reden, als wollten sie etwas erklären, sondern als wüsste der andere schon alles, habe ich manches trotzdem verstanden und konnte es mir vorstellen. Ich hatte lange nicht mehr daran gedacht, dass Menschen nicht einfach so auf der Erde herumlaufen, wie ich auf ihr herumstehe, und sich zum Schlafen nicht unter einen Strauch oder einen Baum oder in eine Höhle legen, wie es die Tiere tun, sondern Wände um sich herum haben und oben ein Dach. Erst das Mädchen hat mich daran erinnert. „Wo kommst du her?", hatte ich sie gefragt. „Aus der Stadt, nicht weit von hier." Dann erzählte sie von dem Ort, an dem sie lebte, von dem kleinen Haus mit dem einen Zimmer für Eltern und Geschwister, von dem Bett, das sie mit zwei Schwestern teilte. So erfuhr ich, was ein Zimmer ist, ein noch kleinerer Kasten in dem Kasten, und ein Bett, eine Kiste in dem noch kleineren Kasten. Ich dachte an die Menschen in ihrer Stadt und sah sie in diesen engen Kästen aus Holz oder Stein. Ich stellte mir die Kästen wie die Zäune vor, die früher um die Weiden herumgezogen waren, oder wie das halbrunde Mäuerchen, in dessen Inneren die Leute damals ihre Versammlungen abhielten. Nur eben viel enger und fester und nach oben hin geschlossen. Und das ist ja auch die einzige Art, wie jemand wie ich von der Stelle kommt: als ein toter Kasten oder ein Haufen von Latten oder ein Sarg.

Mir fiel ein, dass es hier einmal auch ein paar solcher Häuser gegeben hatte, die meisten aus Holz, aber das war so lange her und ich war noch so jung gewesen, dass ich mich kaum daran erinnern konnte.

Sie hatten auch Tiere zu Hause, erzählte sie, Hühner, Hasen. Zwei Schafe, die mochte sie besonders. Sie ging bei ihnen vorbei, bevor sie zu mir kam, sie machte sich Sorgen, dass jemand die beiden stehlen könnte. Schafe hatte ich schon oft gesehen, Hasen auch, aber Hühner? Sie beschrieb sie mir: „Du musst sie dir wie Vögel vorstellen, große dicke Vögel, die nicht fliegen können." Vögel kannte ich natürlich. Unmöglich zu sagen, wie viele Vögel ihre Nester in mir gebaut hatten. Sie tun das noch immer. Trotz allem. Da fielen mir auch die Hühner wieder ein, die Menschen hatten sie damals hierhergebracht, in Körben oder unter dem Arm. Jemand stand da und nahm sie ihnen ab und sie gingen ohne die Hühner wieder nach Hause. Und auch ohne die prall gefüllten Säcke, mit denen sie gekommen waren. Ich kannte ein anderes Wort dafür, nicht Hühner hatten die Menschen sie genannt, sondern Steuern. Aber die Dinge und ihre Begriffe ändern sich, so ist das nun mal. Dann eben Hühner. Und auch Schafe sind hier immer gewesen. „Auf deine Schafe musst du gut aufpassen", sagte ich ihr und wusste zugleich, dass es nicht einfach ist, auf seine Schafe aufzupassen, ja, dass es sogar gefährlich werden kann. „Soll ich dir etwas über Schafe erzählen?", fragte ich.

Ich überlegte eine Weile, wie ich anfangen sollte. Ich hatte lange nichts mehr erzählt. Und ich musste mich auch erst wieder an alles erinnern. Das Mädchen strich mit der Hand über meine Rinde und klappte ein paar Mal wie zur Ermutigung darauf. Also gut. „Es ist schon lange her, viele, viele Sommer und Winter sind seitdem vergangen. Ich war ein junger, kräftiger Baum, fast noch ein Kind, so wie du eins bist. Damals stand ich nicht alleine hier, es gab zwei andere Bäume." Ich stockte. Wie lange hatte ich nicht mehr an die beiden gedacht und jetzt spürte ich bis in meine Wurzeln, wie sehr ich sie vermisste. Das Mädchen strich sachte über meine Rinde. „Zu der Zeit waren hier keine Felder. Hier war Weideland, viele Schäfer haben ihre Schafe hierhergebracht. Ich sah sie von Weitem kommen und hörte sie auch, ein Geblöke und Gebimmel, Hufgetrappel, das Bellen der Hunde und die Rufe der Schäfer. Ich mochte es, wenn die Schafe hier waren. Mit den Menschen war das anders: Sie kamen aus verschiedenen Orten. Die einen von dort, wo du herkommst, und die anderen von woanders her. Den Schafen war das egal. Schafe sind Schafe, Gras ist Gras. Die Menschen störte es. Ich hörte die Schäfer. Der eine rief: ‚Scher dich fort. Das hier ist unsere Wiese!' ‚Niemals', schrie der andere, ‚es ist mein gutes Recht, hier zu sein!' So ging es hin und her. Ich hatte mich daran gewöhnt. Die Menschen sind so. Schließlich kamen sie immer zu mir, um sich zu streiten. Um sich zu streiten und ihren Streit beizulegen, dazu hatten sie mich ja überhaupt gepflanzt. Damit sie in meinem Schatten sitzen und sich streiten konnten." Ich merkte, dass das Mädchen unruhig wurde, ich musste bei der Sache mit den Schafen bleiben, aber das Erzählen ist nicht einfach. Besonders, wenn man so voll von Erlebnissen ist und so selten davon spricht.

„Einmal, der Abend dämmerte schon, kam eine Horde junger Männer, sie hatten Knüppel dabei, Mistgabeln und Schaufeln. Johlend stürmten sie auf den Schäfer und seine Herde zu. Sie jagten sie mit Gebrüll von der Weide. Der Schäfer hat ganz schön was abgekriegt, auch ein paar Schafe wurden verletzt."

Das Mädchen hatte sich an mir festgeklammert und die Füße hochgezogen. „Aber wieso denn?"

„Weil sie fanden, dass das ihre Wiese war und nur sie ihre Schafe hier weiden lassen durften, niemand sonst."

Sie rutschte auf dem Ast hin und her, stupste mich an. „Wie ging es weiter?"

Es war schön, mit ihr zu reden. „Zwei Sommer später, der Schäfer saß an mich gelehnt im Gras, kamen dieselben Männer wieder. Diesmal nicht mit Gebrüll. Sie schlichen sich von hinten an ihn heran, sie waren mit Stricken gekommen und fesselten ihn an meinen Stamm. Der Mann wehrte sich und zerrte an den Seilen. Er schrie so lange, bis sie ihm einen Lappen in den Mund stopften. Und hielt auch danach nicht still."

Das Mädchen hatte sich weit hinuntergebeugt. „Hier, an deinen Stamm, haben sie ihn gefesselt? Was wollten sie denn von ihm?"

„Von ihm wollten sie nichts, sie wollten bloß die Schafe. Der Schäfer zerrte weiter an den Stricken und stöhnte, die Hunde bellten und bellten, sprangen an den Männern hoch. Sie haben sie einfach zur Seite getreten und die Schafe in ihr Dorf getrieben."

Sie schaute weiter nach unten, als säße der Schäfer dort immer noch, als könnte sie ihn da sitzen sehen. „Was ist mit ihm passiert – und mit den Schafen?"

„Er wurde später von den Leuten aus seinem Dorf befreit und auch die Schafe haben sie sich zurückgeholt. Nach ein paar Tagen war er zurück. Aber die Sache hat ihn beschäftigt. Er saß jedes Mal eine Weile hier bei mir, an genau der Stelle, wo sie ihn festgebunden hatten. Ich bin sicher, er hat daran gedacht. Es tat mir leid, dass ich ihm nicht hatte helfen können. Aber es ist nicht meine Aufgabe, mich in die Dinge der Menschen einzumischen."

Sie richtete sich auf, lehnte ihren Kopf gegen meinen Stamm, flüsterte: „Aber mir hast du doch auch geholfen." Ich schwieg, sie blieb beharrlich. „Neulich, als mein Vater hinter mir her war. Du hast mich versteckt, ich weiß nicht, wie du das gemacht hast, aber so hoch in deine Krone habe ich niemals zuvor klettern können." Was sollte ich sagen. Sie hatte Recht. „Und auch jetzt, du hilfst mir jedes Mal beim Klettern, es geht viel leichter, ich spüre das genau. Warum hast du dem Schäfer also nicht geholfen?"

Natürlich wäre es damals ein Leichtes für mich gewesen, meinen Stamm etwas auszudehnen und die Fesseln des Mannes zu sprengen. Es hätte mich nichts gekostet. „Ich dachte, die Dinge der Menschen und die Dinge der Bäume hätten nichts miteinander zu tun." Später hätte ich anders gehandelt. Ob es besser gewesen wäre? Manchmal möchte man lieber liegen bleiben, manchmal will man gar nicht mehr hochkommen, manchmal weiß man, dass die Geschichte zu Ende ist. Doch das wusste ich damals noch nicht. Und diese Geschichte war ja auch noch nicht zu Ende. „Gut", ihre Stimme klang rauer, etwas hatte sich verändert, „dann erzähl weiter." Und das tat ich. Nach einiger Zeit, als sich die Lage beruhigt hatte, waren die Angreifer zurückgekommen. Doch auch der Schäfer war nicht allein, ein, zwei Männer waren immer bei ihm. Die anderen hatten nicht mit Gegenwehr gerechnet. Es kam zu einer heftigen Schlägerei. Diesmal hatten sie es besonders auf den Schäfer abgesehen. Sie zerrten ihn zu mir, wollten ihn fesseln, er wehrte sich und schrie. Sie schlugen und traten auf ihn ein. Dann ein helles Reißen, ein stumpfer Schlag. Jemand hatte ihm ein Messer in die Brust gestoßen. „Er lag hier, unter mir, als er starb." Sie war nach unten gesprungen, saß jetzt da, wo der Schäfer gelegen hatte. Ich hätte gern eine Pause gemacht, ich hätte gern geschwiegen und musste doch voran. Ich erzählte von den drei Schafen, die sie erstochen und hierhergeschleift hatten. Er war zwischen seinen Schafen gestorben. Sein Blut und das seiner Schafe war in den Boden gesickert, in mich hineingeflossen. Da ist es noch immer, dachte ich, aber das behielt ich für mich. Sie lag jetzt im Gras, die Arme ausgebreitet. Sie schaute zu mir nach oben. „Es ging noch lange hin und her, bis sie die Weiden endgültig aufteilten. Aber so schlimm wie an diesem Abend wurde es nie mehr."

Sie war aufgestanden, lehnte an meinem Stamm. „Du hast ihm nicht geholfen."

„Nein." Ein langes Schweigen legte sich um uns. Es ist jetzt wieder da, wenn auch anders. Stumpfer, matter. Dazwischen von fern ihre Stimme: „Manchmal steht man dabei, wenn etwas Schlimmes passiert, und man weiß schon, dass es schlimm ist, und man tut trotzdem nichts. Und dann liegt man hinterher im Bett und kann es sich nicht verzeihen."

Sie war ein paar Schritte von mir weggegangen. „Heute Nacht muss ich nach Hause."

Ich wollte noch etwas fragen, etwas von ihr wissen. Ich fragte: „Wie heißt du?"

„Marie. Ich bin Marie." Sie drehte sich um und ging fort.

2

Ich musste lange auf sie warten, nach dieser Nacht, in der sie nicht in meiner Krone geschlafen hatte, so wie sie es zuvor getan hatte: auf einen der dicken Äste gekauert, den Kopf gegen den Stamm gelehnt. Ich hatte meine Zweige immer so dicht um sie geschlossen, dass sie nicht herunterfallen konnte. Ich hatte mich daran gewöhnt, an dieses kleine Gewicht und wie ihr ruhiger Atem über meine Rinde strich. An ihre lieben Worte am Morgen und wie sie dann rasch von mir heruntersprang und nach Hause lief. Und wie sie am Abend mit den gleichen schnellen Schritten wiederkam.

Aber sie kam nicht mehr. Nicht am nächsten Tag und auch nicht am übernächsten, sie kam so lange nicht, dass ich die menschlichen Begriffe von der Zeit fast vergessen hätte. Ich hörte auf, in Tagen zu denken. Aber ich dachte an den Schäfer. Ich dachte wieder an ihn. Daran, wie sie auf ihn eingeschlagen hatten, und an das Geräusch, mit dem das Messer in seine Brust gefahren, und wie schließlich sein Blut in den Boden gesickert war und den Geschmack der Erde und des Wassers verändert hatte. Ich dachte daran, dass ich ihm hätte helfen können, ein einziger Schlag, ein hohles Tönen aus meiner Mitte, und sie hätten sich nie mehr hierhergewagt. Ich dachte auch über das nach, was ich Marie gesagt hatte, über die Bäume und die Menschen und ihr Getrenntsein. Und ich dachte, dass das falsch war. Denn Marie und ich waren nicht getrennt. Doch sie war zu mir gekommen, wie die Tiere kommen – anders der

Schäfer, der hatte da gelegen, der hätte überall liegen können, der war ja nicht zu mir gekommen. Und richtig und falsch, das waren keine Begriffe, die für einen Baum eine Rolle spielen sollten. Das waren Dinge, die ich gerne wieder vergessen wollte.

Aber ihren Namen, den wusste ich noch: Marie, und ich wünschte, jemand hätte ihn in meinen Stamm geritzt, in dem so vieles andere stand, was mir nicht mehr weh tat, was mich aber auch nicht berührte. Ich wünschte, sie hätte einmal, während sie oben in meiner Krone saß, ein Messer bei sich gehabt und ihren Namen in die Rinde geschrieben und er würde noch heute da stehen. An diesen Namen dachte ich manchmal, und das tue ich noch heute, und wenn der Wind durch mich fuhr, dann sagte ich ihn leise vor mich hin. Sonst dachte ich nichts mehr. Der Herbst kam. Ich ließ meine Blätter fallen, ein paar Tiere suchten Unterschlupf zwischen meinen Wurzeln, wie sie das schon immer getan hatten. Ich ließ sie gerne gewähren. Lieber wäre es mir gewesen, sie wäre gekommen. Lieber wäre es mir gewesen, Marie wäre gekommen.

Es wurde kälter, der erste Schnee fiel, die Kinder zogen mit ihren Schlitten an mir vorbei, ein paar Schneebälle trafen meinen Stamm, ich hörte ihr Lachen und Schreien. Alle Stimmen konnte ich unterscheiden, ich hatte sie im vergangenen Sommer gehört und in den Sommern und Wintern davor. Maries Stimme war nicht darunter. Der Winter schien mir kälter und leerer zu sein in diesem Jahr und ich dachte an all die Winter, die ich schon erlebt hatte, und merkte, dass es viele gewesen waren. Wie viele würden noch kommen? Und wie viele würde Marie wohl noch erleben? Wie lange lebte ein Mensch? Sie war schließlich ein Kind, ein paar Winter würden es wohl sein. Aber ich war nicht mehr sicher, was die menschliche Lebensdauer anbelangte. Und auch das bekümmerte mich.

Der Winter war stürmisch. Ich hatte es mir angewöhnt, jedes Mal ihren Namen zu rufen, wenn die Böen durch meine Äste fuhren. Leise, nur so laut, dass ich selbst es hören konnte. Sonst war auch niemand da. Und dann kam sie. Es war schon fast dunkel, als ich ihre Schritte im Schnee hörte. Sie ging langsam, trat auf mich zu, legte ihre kleine, warme Hand auf meine Rinde. Sie fuhr sachte darüber. Wir schwiegen beide eine Weile, schließlich sagte ich: „Du warst lange fort."

„Ja", antwortete sie, „es gab viel zu tun zu Hause. Und ich musste nachdenken. Über dich. Über mich. Über diese Sache mit dem Schäfer." So sind die Menschen, so war sie auch. Und sie hatte ja Recht. Dabei hatte ich mich damals doch eingemischt, wenn auch auf meine Art und spät, so spät, dass ich damit das Leben des Schäfers nicht mehr hatte retten können.

„Weißt du", sagte ich, „die Geschichte mit dem Schäfer ist noch nicht ganz zu Ende." Sie umfasste mich mit beiden Händen und kletterte nach oben. Sie setzte sich auf den dicken Ast, auf dem sie immer gesessen hatte, und lehnte sich mit dem Rücken gegen den Stamm. Sie war wieder da.

„Dann erzähle sie mir jetzt zu Ende!" Die Worte kamen von selbst, als erzählte gar nicht ich. Als erzählte jemand anderes.

„Es hatte sich schnell herumgesprochen, was passiert war. Die Begleiter des Schäfers hatten den Mord ja gesehen und auch einen der Angreifer zu fassen bekommen. Es kam zu einer Gerichtsverhandlung. An der Stelle, an der der Schäfer gestorben war, standen die drei Angeklagten. Es war keine Kleinigkeit: Nicht der örtliche Richter war zuständig, der zwischen den vielen Schaulustigen am Rand des Steinmäuerchens stand. Nein, ein Blutrichter war gekommen. Es war jedem klar, worum es ging: Die drei Angeklagten sollten zum Tode verurteilt oder zumindest einer harten körperlichen Strafe unterzogen werden. Ein solches Urteil konnte der Dorfrichter nicht fällen. In all der Zeit, in der hier Recht gesprochen wurde, war das nicht oft vorgekommen. Dennoch wusste ich, was die Aufgabe eines Blutrichters war. So etwas vergaß man nicht."

Sie hatte sich aufgerichtet und stützte sich nur noch mit einer Hand an meinem Stamm ab. „Dann hätte es noch mehr Tote gegeben."

„Ja", erwiderte ich. Die Verhandlung hatte sich endlos hingezogen. Alle Beteiligten wurden peinlich genau befragt, immer wieder unterbrochen von dem Angstgeschrei und Gejammer der Angeklagten. „Einer unter ihnen war jung, fast noch ein Kind. Nicht viel älter als du. Er hatte etwas abseits gestanden, als die beiden anderen den Schäfer erstachen. Er hatte nicht eingegriffen. Nur dabeigestanden und zugeschaut. Aber er hatte nicht viel zu seiner Verteidigung vorzubringen."

Sie unterbrach mich: „Genau wie du."

Sie hatte sich wieder an mich gelehnt und klopfte mit der flachen Hand ein paar Mal gegen meinen Stamm. „Komm schon, erzähl weiter."

Ich folgte ihrer Aufforderung. „Nach den ganzen Befragungen schien dem Blutrichter die Sache klar zu sein. Er verkündete das Urteil. Und tatsächlich, alle drei sollten gehängt werden. Da rührte sich etwas in mir, eine Kraft schoss in mich hinein und durch mich hindurch, die ich bis dahin nicht gekannt hatte. Sie riss an diesem Ast, auf dem du jetzt sitzt und der damals zwar auch schon stark, aber noch jung und biegsam war, und ließ ihn auf die versammelte Gerichtsbarkeit niedersausen." Sie hielt den Atem an und rückte noch etwas näher an den Stamm heran.

„Und dann, was passierte dann?" Sie stockte. „War der Richter tot?"

„Nein, ich hatte niemanden getroffen, der Ast war genau zwischen dem Richter und den drei Angeklagten auf den Boden geschnellt." Ein Raunen war damals auf dem Gerichtsplatz zu hören, das nicht von mir herrührte und auch nicht vom Wind, der plötzlich wehte. Ich schlug noch einmal zu. Die Leute verstummten. Ich ließ meinen Ast ein drittes Mal auf den Boden sausen. Der Wind fuhr durch mich hindurch und ich stand da wie zuvor. Bis jemand rief: „Gottesurteil!", wieder und wieder, nur dieses eine Wort: „Gottesurteil". Es dauerte nicht lange und andere Stimmen fielen ein, der Ruf schwoll an: „Gottesurteil, Gottesurteil", hallte es über das Feld.

Marie ruckte auf dem Ast hin und her, bohrte den Finger in meine Rinde: „Was ist ein Gottesurteil?"

„Das wusste ich damals auch nicht und weiß es bis heute nicht genau. Von Gott war immer viel die Rede bei den Gerichtsverhandlungen. Aber soweit ich mich erinnere, hat er sich hier nie gezeigt. Vielleicht ist er so etwas wie ein oberster

Richter, noch mächtiger als ein Blutrichter. Vielleicht kann er darüber entscheiden, ob und wann sich die Dinge der Natur mit den Dingen der Menschen vermischen dürfen."

Sie lachte. „Wer Gott ist, weiß ich schon, jedenfalls ungefähr. Und du hast gar nicht so Unrecht: Er ist der oberste Entscheider und der oberste Richter. Er hat uns alle geschaffen, die Menschen, die Tiere und die Pflanzen, die ganze Welt und auch dich und mich. Und er bestimmt, was nach unserem Tod mit uns geschieht. So sagen sie es jedenfalls in der Kirche." Nach einer Weile setzte sie leise hinzu: „Und auch mein Vater sagt das." Sie hatte jetzt die Füße hochgezogen. „Und wie ging es weiter?"

„Der Blutrichter hatte sich mit dem Dorfrichter und den anderen zurückgezogen. Er wollte diese Entscheidung offenbar nicht allein fällen. Währenddessen schrien die Leute immer weiter, es kam zu Handgreiflichkeiten, denn auch die Angehörigen des toten Schäfers waren ja unter den Zuschauern. Und ihnen war natürlich daran gelegen, dass die drei ihrer Strafe nicht entgingen. Schließlich verkündeten die Richter ihre Entscheidung: Das Gottesurteil wurde anerkannt, alle drei Angeklagten wurden freigesprochen.

Marie saß rittlings auf dem Ast und hatte den Kopf in den Nacken gelegt. Sie schaute nach oben, in den Himmel, als sie mich fragte: „Und du, was glaubst du? Hat Gott sich eingemischt oder war das deine eigene Entscheidung?" Ich schwieg eine Weile. Ich hatte mir die Frage nie gestellt. Aber ich hatte ja nichts über Gott gewusst. Vielleicht war er so mächtig, dass er mich zu einer Handlung bewegen und zugleich denken lassen konnte, sie sei mein eigener Wille gewesen. Aber wenn das so wäre, dann hätte er ja auch über diese Gedanken hier bestimmen können, ohne mein Wissen, und was wäre meine Antwort dann noch wert. „Sag schon: Was glaubst du?"

„Ich weiß es einfach nicht und ich glaube, man kann es auch nicht wissen. Vielleicht sollte man gar nicht daran rühren. Hans kam auch immer wieder mit solchen Fragen. Nicht direkt nach Gott, so hat er nie geredet, aber er hat mich gefragt, warum ich das getan habe."

„Wer ist denn Hans?"

„Der junge Mann, den ich gerettet habe. Du weißt schon, der, der sich abseits gehalten hat." Nach ein paar Tagen war er das erste Mal gekommen. Hatte an derselben Stelle gestanden, an der er auch bei der Verhandlung gestanden hatte und von wo aus er den anderen beiden zugesehen hatte, als die den Schäfer erstachen. Stand da, sagte kein Wort, schaute bloß mich an und hoch in meine Krone. So ging das eine Weile. Ich hörte ihn schon von Weitem, er ging langsam, stellte sich zu mir und irgendwann verschwand er wieder. Nach ein paar Wochen setzte er sich das erste Mal, lehnte sich gegen meinen Stamm und fragte schließlich leise: „Wieso hast du das getan?" Ich wusste keine Antwort, also schwieg ich. Außerdem fand ich, dass ich mich schon genug in die Menschendinge eingemischt hatte. Dass jetzt Schluss sein musste damit. Aber er ließ nicht ab von mir. Tag für Tag saß er hier unten und fragte und fragte und fragte.

„Und du hast ihm nie geantwortet?" Maries Stimme klang verändert.

„Nein, ich habe dir das doch schon erklärt: Die Dinge der Menschen und die Dinge der Bäume sollten sich nicht vermischen."

„Aber du hattest dich doch schon längst eingemischt. Und mit mir sprichst du ja auch“, setzte sie hinzu. Und das stimmte natürlich.

„Jetzt ist das anders, ich bin alt, ich habe viel gesehen und gehört. Ich weiß jetzt, dass die Verhältnisse immer komplizierter sind, als sie zunächst scheinen. Damals, als diese Geschichte anfing, war ich noch jung, außer den Gerichtsverhandlungen wusste ich nicht viel von den Menschen. Das habe ich erst von Hans gelernt.“

„Wieso von ihm?“ Sie war wirklich hartnäckig,

„Ich denke, du hast nicht mit ihm gesprochen. Und wieso weißt du überhaupt seinen Namen?“

Es ist nicht leicht mit den Menschen, dachte ich, sie können nicht warten, sie kommen immer von einem zum nächsten. Sie können nicht warten. Am liebsten hätte ich nichts mehr gesagt, hätte geschwiegen und mit ihr zusammen bis zum Morgen gesessen und darauf gelauscht, wie ihr ruhiger Atem gegen meinen Stamm blies und durch mich hindurch. Aber es hatte so lange gedauert, bis sie wiedergekommen war. Ich wollte nicht, dass sie ging. Und für immer fortblieb. Ich bin schon völlig verstrickt in die Menschendinge, dachte ich, da kommt so ein Menschenkind und ich vergesse mich. Aber es war verzwickt und das ist es noch immer: Denn ohne sie hätte ich nicht gewusst, dass ich mich vergesse. Dass man das überhaupt kann: sich selbst vergessen. Doch es war schön mit ihr und anders als mit den Tieren, auch wenn sie aus ähnlichen Gründen zu mir kam. Sie suchte Unterschlupf. Und Ruhe. Nur dass die Menschen eine andere Vorstellung von Ruhe haben.

Sie zappelte auf dem Ast hin und her. „Sag schon, woher weißt du seinen Namen, wenn du nie mit ihm gesprochen hast?“ Ich schob sie ein bisschen näher an den Stamm heran und schloss meine Zweige enger um sie. Es war eine kalte Nacht.

„Weil er mit mir gesprochen hat. Am Anfang stellte er immer nur die gleichen Fragen, warum ich ihn gerettet hätte, ihn und die anderen beiden, ob ich eine Stimme gehört hätte und derlei Dinge. Aber irgendwann merkte er, dass ich ihm nicht antworten würde, und da begann er zu erzählen. Zuerst nur Alltägliches, Begebenheiten aus der Stadt, Kleinigkeiten aus seinem Leben. Dass einem Bauern die Kuh gestorben ist, dass jemand geheiratet hat, dass es wieder Streit gab um die Weideplätze. Schließlich erzählte er auch von sich, er habe sich in ein Mädchen verliebt, sei aber nicht sicher, ob es etwas werden würde. Denn seit meinem Eingreifen schauten ihn manche Leute in der Stadt komisch an. Wie traurig er darüber war und wie viel Sehnsucht er nach ihr hatte. Und so erfuhr ich etwas über die Liebe.“

„Wieso schauten sie ihn komisch an, er konnte doch nichts dafür, dass du dich eingemischt hattest?“ Sie war unersättlich.

„So etwas war hier zum ersten Mal geschehen und es ist eben nicht üblich, dass ein Baum in die Belange der Menschen eingreift. Die Leute hielten Hans nun für etwas Besonderes, zumal er ja auch tatsächlich niemanden getötet hatte. Das sprach sich schnell herum und viele dachten, dass es bei meinem Einschreiten tatsächlich um die Rettung eines Unschuldigen gegangen wäre. Sie sahen ihn nun mit anderen Augen und glaubten, er hätte eine besondere Beziehung zu Gott. So zumindest hat es Hans mir erklärt.“

„Aber", sie war noch näher an mich herangerückt, „was ist daran schlecht? Wieso hatte er deshalb Schwierigkeiten mit seinem Mädchen?" Sie konnte es nicht lassen.

„Es ist nicht leicht, etwas Besonderes zu sein." Auch für mich hatte sich von diesem Tag an einiges verändert, denn es kam nicht nur Hans. Es kamen so viele Leute mit ihren Anliegen und Fragen. Ob die alte Mutter den Winter noch überstehen werde, ob diese oder jene Verbindung unter einem glücklichen Stern stehe, ob man die Ernte besser diese oder nächste Woche einbringen solle. Lauter Menschenangelegenheiten, von denen ich nichts wusste und mit denen ich auch nichts zu tun haben wollte. Jeden Tag ging es so, wochenlang, monatelang. Da war Hans mir noch der Liebste, denn er erwartete nichts, außer dass ich ihm zuhörte. Die anderen dagegen verlangten Entscheidungen von mir, die sie selbst nicht treffen konnten oder wollten. „Damals dachte ich mir oft, dass dieser Gott ein schwieriges Geschäft hat und dass ich es gut verstehen kann, wenn er sich die meiste Zeit aus diesen Angelegenheiten heraushält." Ich machte eine Pause, auch wenn ich ahnte, dass sie immer noch nicht zufrieden sein würde. Und tatsächlich begann sie mit den Fingern auf dem Ast zu trommeln. „Aber was hat das jetzt mit Hans und seinem Mädchen zu tun?" Ich seufzte. Ich hatte so lange nicht mehr an diese Dinge gedacht, es lag alles ewig zurück. Und ich war ein Baum und kein Mensch, was wusste ich schon? „Ich denke mir, dass es ihr vielleicht nicht ganz geheuer war, dass sie lieber einen normalen Mann heiraten wollte. Einen, bei dem sie nicht befürchten musste, dass Gott noch einmal auf eine solche Art eingreifen würde. Einen, der nicht auf Schritt und Tritt ausgefragt und beobachtet wurde. Denn Hans ging es ja nicht anders als mir. Die Leute ließen ihn nicht in Ruhe. Und wer ihn nicht ausfragte, der schaute ihn schief an. Das hält keiner aus."

Ich schwieg, wir schwiegen jetzt beide. Der Wind wehte durch meine Äste, der Morgen graute schon. Sie hatte begonnen, meine Rinde zu streicheln. „Das war sicher nicht einfach für Hans. Und für dich auch nicht", sagte sie schließlich. „Ich kenne das, wenn die Leute einen schief anschauen. Das ist schlimm." Sie legte die Arme um mich und ihre Stirn rieb über meine Rinde. Sie atmete lange aus. „Wie hast du es geschafft, dass die Leute damit aufhören? Es kommt doch jetzt niemand mehr zu dir und fragt dich aus."

Gut, ich würde die Geschichte nun zu Ende erzählen. „Eine lange Zeit habe ich einfach abgewartet und es ausgehalten. Das fiel mir leicht und entspricht meiner Natur. Doch es half nichts, die Menschen kamen im nächsten Jahr immer noch und auch im Jahr darauf. So schnell vergessen sie nicht." Ich war immer unruhiger geworden. Selbst die Tiere, selbst die Vögel hatten begonnen mich zu stören. Am liebsten hätte ich mir die Wurzeln ausgerissen und wäre auf und davon gegangen. Und irgendwann war es genug, ich hatte es selbst nicht vorausgesehen. Eine alte Frau war zu mir gekommen, irgendein Mütterchen. Sie hatte mich gefragt, ob ich etwas für das Seelenheil ihres Mannes tun könne. Er war in jenem Herbst gestorben. Ich stand da wie immer, hielt es aus, dass ich es kaum noch aushalten konnte, und wartete darauf, dass sie wieder verschwand. Aber etwas war anders als sonst. Und als sie nicht aufhörte, immer weiter auf mich einzureden, mich schließlich anflehte mit ihrer dünnen Stimme, da ging ein Zittern durch meine Äste, das nicht vom Wind herrührte. Und dieses Zittern nahm kein Ende. Es schwoll an, wurde stärker und stärker. Ein mächtiges Beben hatte mich erfasst, ich riss meine Äste empor und schleuderte sie alle zugleich zu Boden, ein Heulen und Stöhnen entfuhr mir und auch das alte Mütterchen hatte zu schreien begonnen. Ich tobte und wütete, die Erde bebte, selbst meine Wurzeln waren in Aufruhr. Es war ein fürchterlicher Kampf, er dauerte einen Tag und eine ganze Nacht. Die gesamte Ortschaft hatte sich um mich versammelt. Aber ich achtete nicht darauf. Ich war völlig aufgegangen in dieser wilden Bewegung, es fühlte sich schrecklich an und schön zugleich und heute denke ich, dass es sich vielleicht so anfühlt, ein Mensch zu sein. Eine ewige Unruhe und dass man nicht ablassen kann davon. Doch am Morgen hörte es langsam auf, die Zuckungen wurden weniger und dann stand ich wieder da wie zuvor, auch wenn ich viele Blätter und Zweige und auch ein paar größere Äste verloren hatte. Ab und an zitterte ich noch.

Ich machte eine Pause, es war jetzt schon taghell. „Und eine meiner Wurzeln war in mein Inneres gerutscht, da sitzt sie nach wie vor und kitzelt mich und weckt manchmal die Sehnsucht nach einer solchen wilden Bewegung.“ Ich hatte lange nicht mehr an den Vorfall gedacht, aber noch immer spürte ich in mir den Nachhall dieser Nacht, und das lag nicht nur an der Wurzel, die mich an diesem Morgen ganz besonders stark juckte. „Seitdem habe ich meine Ruhe. Niemand ist mehr mit Bitten und Forderungen zu mir gekommen. Und irgendwann haben die Leute die Sache vergessen. Du bist die Erste in all den Jahrhunderten, die mich angesprochen hat.“ Marie saß ganz still, sie sagte kein Wort, ich hörte kaum ihren Atem. Ihre Stimme war rau, als sie endlich sprach.

„Danke." Sie stockte. „Danke, dass du mir das erzählt hast. Nächstes Mal erzähle ich dir vielleicht auch etwas, aber jetzt muss ich gehen."

Sie sprang in den Schnee und ich lauschte noch lange ihren Schritten. Dann war es still. Bis auf die Unruhe in meinem Inneren und das leichte Kitzeln der Wurzel.

3

Wieder war Marie fort und blieb lange weg. Hatte ich nun das Richtige getan, hätte ich ihr die Geschichte meines Ausbruchs lieber doch nicht erzählen sollen? Hatte ich sie erschreckt, so wie ich damals das alte Mütterchen erschreckt hatte? Ich hatte ihr etwas gezeigt von mir, das sie vielleicht nicht sehen wollte. Das sie nicht verstand. Und indem ich mich ihr geöffnet und so versucht hatte, sie zu halten, hatte ich sie von mir fortgetrieben. War es das? War es so mit den Menschen? Ich hätte es wissen sollen und wusste es doch nicht.

Der Frühling kam und mit ihm die Tiere. Ich war nicht allein, das war ich nie gewesen, aber Marie fehlte mir doch. Und sie hatte ja auch gesagt, dass sie bald wiederkommen würde. Wo blieb sie also? Ich lauschte nach ihr. Über das Vogelgezwitscher und Rascheln der Tiere hinweg, durch Wind und Regen wollte ich nur ihre Stimme hören. Die anderen, Erwachsene und Kinder, kamen und gingen, ich hörte sie lachen und ihre Lieder singen, doch ich dachte nur an Marie. An ihre kleine Gestalt und wie sie so streng war und klar. Fast noch mehr als ihr Fortbleiben quälte mich meine eigene Ungeduld. Sie saß in mir wie meine verrutschte Wurzel und pikte und kitzelte mich fortwährend. Ich konnte nichts anderes mehr spüren. Ich veränderte mich und bemerkte es und konnte nichts dagegen tun.

Dann kam sie. Als ich kaum noch damit gerechnet hatte, hörte ich plötzlich ihre raue Stimme zwischen dem Lärmen und dem Geschrei der anderen Kinder. Sie war wieder da und hatte mich nicht vergessen. Die Kinder spielten irgendein wildes Spiel, sie tobten und johlten unter mir, sie kletterten auf mich hinauf, schlugen auf meinen Stamm, banden ein Seil um mich – das alles störte mich nicht, spürte ich doch zwischendurch immer wieder Maries Hand und wie sie über meine Rinde fuhr. Wie sie summte und ein paar liebe Worte murmelte. Ich drückte meine Rinde leicht gegen ihre kühle Hand. Sie erwiderte den Druck. So standen wir eine Weile und eine wilde Freude fuhr durch mich hindurch und bis hinauf in meine Zweige. Noch die kleinsten Blätter zitterten von dieser Freude. Ich konnte es kaum erwarten, bis die anderen fort waren und wir endlich allein. Bis wir wieder miteinander sprechen würden. So wie wir es in jener Winternacht getan hatten. Und in all den Nächten davor. Doch als es Abend wurde und die Rufe der Kinder sich langsam entfernten, da ging auch sie. Noch einmal strich sie über meinen Stamm. Ein paar schnell hingeworfene Worte, die ich kaum verstehen konnte, und dann war sie fort. Noch immer fuhr der Wind durch mich hindurch und ich hörte das Rauschen meiner Blätter. Alles war wie immer. Nur da, wo die Freude gesessen hatte, war jetzt nichts mehr. Nun gut, dachte ich, heute ist sie nicht geblieben, dann wird sie morgen bleiben, und versuchte mit diesem Gedanken und der Erinnerung an den Abdruck ihrer Hand die Leere in mir zu füllen.

Und tatsächlich: Auch am nächsten Tag war sie wieder da. Doch etwas hatte sich verändert über den Winter. Ich spürte Marie zwar, ihre Nähe und wie sie mich im Vorübergehen berührte, doch in dieser Berührung lag etwas, das vorher nicht da gewesen war. Eine Tiefe und zugleich etwas Fernes. Wie ein Abschied. Und sie kam auch nicht allein. Da waren nicht nur die anderen Kinder. Da war noch jemand. Einer, der nicht dazugehörte und dem sie doch ihre Aufmerksamkeit schenkte. Ihre Berührungen wurden immer flüchtiger, ein schnelles Streicheln, ein schwacher Druck ihrer Hand, ihre Haare streiften die Borke. Und keine Worte mehr. Die Worte gehörten nun jemand anderem. Ich hörte die beiden flüstern und miteinander lachen. So ging das lange, jeden Abend verschwand Marie mit den anderen. In mir wuchs eine Sehnsucht: Wann würde sie endlich bleiben, wann würde sie wieder auf meinen Ästen schlafen? Wann würden wir miteinander reden? Die Gespräche mit ihr fehlten mir so sehr, dass ich in den Nächten begann, mit mir selbst zu sprechen. Doch das war nicht das Gleiche. Beim Sprechen geht es ja darum, dass einem jemand zuhört und dann etwas erwidert. Dass es hin und her geht. Das ist etwas anderes, als wenn der Wind durch einen weht.

Aber eines Abends blieben die beiden, als die anderen schon längst gegangen waren. Sie saßen im Gras, eng nebeneinander, ihre Rücken an meinen Stamm gelehnt. Seiner reichte weit an mir hinauf, ich spürte ihren Hinterkopf in der Höhe seiner Schultern und da merkte ich, dass auch sie nicht mehr klein war. Marie war kein Mädchen mehr.

Die zwei schwiegen lange und ich spürte nur den Druck ihrer Rücken. Und dann eine sachte Bewegung seiner Schulter, das Schaben einer rauen Hand und wie sie ein Stück wegrutschte von ihm.

„Nein“, sagte sie, „lass das bitte.“

„Aber warum?“, seine Stimme war heller, als ich das erwartet hätte, „deshalb sind wir doch hier.“ Sie schwieg.

Er richtete sich auf. „Sind wir nicht deshalb hierhergekommen, haben wir nicht darauf gewartet den ganzen Nachmittag lang: dass alle fortgehen und wir endlich allein sind?“

Sie war aufgestanden und lehnte sich an den Stamm, die Hände hinter dem Rücken verschränkt, die Fingerspitzen tippten gegen meine Rinde. Meinte sie auch mich damit? „Aber doch nicht deswegen!“

„Nicht? Weswegen denn dann?!“ Er stand jetzt auch, seine Hand ruhte über ihrem Kopf an meinem Stamm. Etwas rührte sich in mir, ein altes Gefühl, die Erinnerung an eine wilde Bewegung. Ich dehnte mich etwas aus, so dass seine Hand ins Rutschen kam. Er trat zurück und auch sie hatte es bemerkt. Musste es bemerkt haben. „Wenn das so ist, dann gehe ich jetzt.“ Sie löste sich von mir.

„Nun warte doch“, seine Stimme wurde tiefer, „so war das doch nicht gemeint. Aber“, er stockte, „was sollen wir denn sonst hier tun?“

„Wir könnten einfach hier sitzen, unter diesem schönen Baum, und zuhören, wie der Abend kommt und dann die Nacht. Wir können auf die Tiere lauschen und wie die Blätter sich im Wind bewegen.“ Sie hatte mich nicht vergessen. „Wir können hier sitzen, nebeneinander im Gras, und uns etwas erzählen.“ Sie machte eine Pause. „Wir müssen doch erst einmal herausfinden, wer wir überhaupt sind.“

Er räusperte sich: „Und du meinst, das finden wir heute Abend heraus?“

Da lachte Marie. Sie schüttelte den Kopf dabei, ihre Haare verfingen sich in meiner Rinde, und lachte und lachte. Wenn sie jetzt nicht aufhörte, würde sie ihn vertreiben, da war ich mir sicher. Schließlich waren die beiden nicht das erste Liebespaar, das sich bei mir traf. Und auch wenn ich mich für die anderen lange nicht in gleichem Maß interessiert hatte, so konnte ich mich doch an alle Begegnungen erinnern. An jedes in meinen Stamm geritzte Herz und auch an die Tränen, die die Mädchen hier geweint hatten. Auch an Hans musste ich denken. Und dass die Männer es nicht mochten, wenn über sie gelacht wurde, das wusste ich.

Sie konnte gar nicht aufhören zu lachen, aber er war immer noch da. „Natürlich finden wir heute nicht heraus, wer wir sind. Wer weiß das schon? Aber wir könnten einen Anfang machen."

„Gut", sagte er und setzte sich wieder hin, die Beine lang im Gras, „dann erzähle." Ich spürte den leichten Druck bis hinunter zu meinen Wurzeln. Und es drückte auch in meinem Inneren. Er war frei. Er konnte entscheiden, ob er bleiben wollte oder gehen. Und er blieb. Jetzt war es an ihr. Sie schwieg lange, immer noch gegen meinen Stamm gelehnt, ihre Finger fuhren sacht über meine Rinde.

Schließlich begann sie: „Ich heiße Marie. Ich bin fünfzehn Jahre alt. Ich wohne mit meinen Eltern und den Geschwistern in einem kleinen Haus. Wir haben nur ein Zimmer, in dem wir alle schlafen. Ich teile mir das Bett mit meinen beiden Schwestern. Ich bin die Älteste."

Er schwieg. Das wusste er sicher alles und auch mir hatte Marie das schon erzählt. Aber sie hatte Recht: Woher man kam, bestimmte darüber, wer man war. Sie sprach weiter: „Früher bin ich in die Schule gegangen, aber jetzt nicht mehr, seit Vater weg ist. Jetzt gehe ich in die Motorenfabrik, weil wir das Geld brauchen. Die Mutter ist den ganzen Tag mit den Kindern beschäftigt, wer soll es sonst machen?“ Unter einer Motorenfabrik konnte ich mir nicht viel vorstellen. Er räusperte sich: „Und das soll es jetzt sein, aus diesen paar Worten soll ich etwas über dich erfahren? Hunderte Mädchen leben so.“ Sie antwortete nicht und auch er schwieg. Aber sie hatte sich wieder hingesetzt. Sie saßen nebeneinander, so, wie sie auch vorher schon gesessen hatten. Die Nacht kam langsam, es wurde kühler. Schließlich fragte er: „Und am Abend, was machst du da? Und in der Nacht, woran denkst du, wenn du nicht schläfst?“ Ob sie von mir erzählen würde, von all den Nächten, die sie zwischen meinen Zweigen verbracht hatte? Ich war nicht sicher, ob ich das wollte.

„Ich bin oft draußen in der Nacht. Zu Hause, im Bett zwischen meinen Schwestern, ist es mir zu eng. Ich gehe hinaus, wenn sie schlafen, und gehe herum. In den Straßen und hier, zwischen den Feldern. Der Mutter ist es egal, sie fragt mich nicht. Solange ich am nächsten Morgen in die Fabrik gehe und das Geld nach Hause bringe, will sie nicht wissen, was ich sonst tue.“ Er rückte etwas näher an sie heran, ich konnte die Bewegung seiner Schultern an meinem Stamm spüren. „Aber ich wüsste gerne, was du tust. In der Nacht, wenn du hier herumgehst. Woran du dann denkst.“ Sie zögerte und ich merkte, dass sie sich überwinden musste. Ihr ging es wie mir, damals,

als wir das erste Mal miteinander geredet hatten, nachdem ich so lange nicht mit einem Menschen gesprochen hatte.

„Ich gehe noch nicht lange nach draußen“, fing sie schließlich an, „früher bin ich einfach liegen geblieben in der Nacht, zwischen den Schwestern mit ihrem stickigen Atem, habe das ausgehalten, die Wärme und dass da kein Platz für mich war. Weißt du“, sie bewegte ihren Kopf leicht in seine Richtung, „ich mag es lieber kühl. Und wie willst du an etwas denken oder über etwas nachdenken oder eben nicht nachdenken, wie willst du zur Ruhe kommen, wenn immer jemand neben dir liegt, wenn immer einer schnauft oder schnarcht. Und zur Ruhe kommen muss ich doch: den ganzen Tag in der Fabrik immer dieselben Handgriffe. Und dieser Gestank und Lärm. Und immer die anderen Frauen. Ich brauchte einen Ort für mich. Und die Linde kannte ich schon lange, jeder kennt sie, du kennst sie ja auch: Sie steht schon immer hier. Seitdem ich laufen kann, habe ich hier gespielt. Mit den Nachbarskindern und auch mit meinen Geschwistern. Denk nicht, dass ich sie nicht mag, die Schwestern, und es ist auch schön, mit ihnen in einem Bett zu schlafen. Aber seitdem ich diese stumpfsinnige Arbeit tue, seitdem halte ich es nicht mehr aus, wenn mir jemand zu nahe kommt. Schon am Tag stehen wir ja eine neben der anderen in der Fabrik und auch in den kurzen Pausen hat man keine Ruhe. Deshalb bin ich hierhergekommen. Das hier ist ein guter Ort. Hier habe ich mich schon immer wohlgefühlt.“

Wie gerne hätte ich einen meiner Äste zu ihr hinuntergestreckt und sie berührt, doch das konnte ich nicht wagen, nicht, solange der andere da war. Ich drückte nur leicht meinen Stamm gegen sie. Sie erwiderte den Druck und auch der andere rührte sich. Er hatte offenbar etwas bemerkt. Doch das spielte jetzt keine Rolle: Sie hatte mich nicht vergessen. Deshalb hatte sie ihn zu mir gebracht, weil ich eine Bedeutung hatte in ihrem Leben. Genauso wie Hans damals sein Mädchen mit zu mir genommen hatte: damit sie verstehen konnte, wer ich war und was ich getan hatte bei dieser Gerichtsverhandlung und warum. Und damit sie auch Hans besser verstünde. Damit er eine Chance bei ihr hätte. Aber diese Chance gab es nicht, denn das Mädchen vom Hans, dessen Namen ich nicht mehr weiß und den ich vielleicht auch nie wusste, dieses Mädchen war gar nicht das Mädchen vom Hans und sollte es auch nicht werden. Sie verstand nicht, was Hans hier bei mir wollte, warum er jeden Tag zu mir ging. „Du bringst mich zu diesem Baum, als wäre er dein Vater. Als wollte ich bei ihm um deine Hand anhalten!“, schimpfte sie. „Das ist doch alles verrückt: Du müsstest um meine Hand anhalten und wir sollten nicht hier, unter dem alten Baum, stehen, sondern bei meinen Eltern in der Stube. Du solltest einen Strauß dabeihaben für meine Mutter. Und nachher sollten wir alle einen Sonntagsspaziergang machen. Meinetwegen auch hierher. Aber so, so geht das nicht!“ Sie war davongerannt. Danach war Hans noch ein paar Mal alleine gekommen und dann war er weggeblieben. Das war so lange her, ich wunderte mich, dass ich jetzt daran denken musste. Und es war damals auch alles ganz anders als bei Marie. Damals hatten alle von meinem Eingreifen bei der Gerichtsverhandlung gewusst. Jetzt wusste niemand mehr davon und es wusste auch niemand mehr, wie ich später, in der Nacht meiner wilden, großen Bewegung, das alte Mütterchen so erschreckt hatte, dass sie in die Stadt lief und allen von meinem gefährlichen Zorn erzählte. Danach hatte niemand mehr mit mir geredet. Außer Marie.

Die beiden hatten inzwischen wieder zu sprechen begonnen. Er klang aufgebracht. „Was ist schon Besonderes an einem Baum? Schau dich um, wie viele Bäume hier stehen. Da hinten beginnt der Wald." Marie schwieg. „Dieser Baum ist sogar ganz besonders langweilig. Alle Liebespaare kommen hierher. Sieh dir seinen Stamm an: Bis da oben ist er voll mit Herzen und Liebesschwüren!" Er war aufgestanden. „Da fällt dir nichts mehr ein, was?", blaffte er. „So seid ihr doch alle, hier ein Geheimnis, da ein Gewese, und am Ende steckt nichts dahinter. Komm zu mir, wenn du mir etwas Interessantes zu erzählen hast!" Ich hörte seine harten Schritte und wie sie sich entfernten. Und ich hörte Maries Atem, er ging schnell, sie hätte sicher gern etwas erwidert. Doch was hätte sie schon sagen können, ohne uns zu verraten, ohne als Verrückte dazustehen?

„Die Geschichte ist noch nicht zu Ende. Das Wichtige habe ich gar nicht erzählt." Sie sprach ganz leise, ich konnte sie kaum hören. „Dieser Baum versteht mich, wie mich sonst niemand versteht. Seitdem ich zu ihm komme, hat sich mein Leben verändert. Es stört mich nicht mehr, dass ich mich um die Geschwister kümmern muss und dass es zu Hause kein Fleckchen für mich gibt. Selbst die Arbeit in der Fabrik stört mich nicht. Auch Vaters Schläge haben mich nicht mehr gekümmert. Und dass er jetzt fort ist, im Krieg, das stört mich sowieso nicht. Dieser Baum hier ist mein Zuhause geworden und den ganzen Tag denke ich nur daran, dass ich abends hierherkommen und mich auf einen Ast setzen und mit ihm sprechen kann.“ Sie atmete tief aus. Es war längst dunkel geworden. „Ich dachte nur“, ihre Stimme war jetzt noch leiser geworden, „ich dachte, dass es so nicht weitergehen kann. Ich kann doch nicht Nacht für Nacht mit einem Baum verbringen und alle meine Gedanken auf ihn ausrichten. Ich muss doch mein Leben leben.“ Sie schwieg erneut. Ich wagte nicht, etwas zu sagen. „Deshalb bin ich so lange fortgeblieben, den ganzen Winter über. Aber irgendwann habe ich es nicht mehr ausgehalten. Und so bin ich doch wiedergekommen, zusammen mit den anderen. Ich dachte, das sei eine gute Lösung. Dass ich auf eine normale Art hier bin. So wie die anderen auch. Doch ich bin zu alt für diese Kinderspiele. Und dann war da plötzlich Johann. Auch er gehört zu den Älteren, aber für den Krieg ist er noch zu jung. Er gefällt mir schon.“ Sie stockte. Ihr Hinterkopf rieb über meine Rinde, ihre Haare verfingen sich darin. Mit einem Ruck riss sie sich los. „Er gefällt mir, und das ist auch richtig so. Und wo soll ich sonst jemanden finden? In der Fabrik sind ja nur Frauen. Und die Männer sind im Krieg.“

Ich musste sie unbedingt nach diesem Krieg fragen. Natürlich wusste ich, was das ist, durch die Jahrhunderte hatte es immer wieder Kriege gegeben, auch in den Gerichtsverhandlungen war das Wort hin und wieder gefallen. Dass aber jetzt gerade Krieg herrschte, das wusste ich nicht. Es kam ja niemand mehr zu mir und erzählte mir davon. Und die Kinder sprachen über so etwas nicht. Sie spielten zwar Krieg, aber das hatten sie schon immer getan.

Marie hatte wieder zu sprechen begonnen. „Und wieso nicht Johann? Er ist gescheit. Seine Eltern haben einen Hof. Die können Hilfe gebrauchen. Das ist eine bessere Arbeit als in der Fabrik. Und es wäre eine Zukunft.“ Sie redete jetzt lauter. „Man kann es doch probieren. Und er muss das mit uns ja auch nicht verstehen.“ Ich wagte es immer noch nicht, etwas zu sagen. „Ich dachte, ich könnte es ihm erzählen und er würde es dann verstehen. Aber vielleicht kann man das gar nicht erklären. Er muss es ja noch nicht einmal wissen. Ich kann einfach weiter hierherkommen und mit dir sprechen. Nicht mehr so oft vielleicht, aber doch ab und zu.“ Sie war aufgestanden und hatte die Hände an meinen Stamm gelegt. „Ich kann doch immer wiederkommen. Das ist doch gar kein Problem. Ich kann hierherkommen und niemand muss davon wissen. Das ist doch ganz normal. Viele Leute sind gerne in der Natur.“ Sie reckte sich und griff nach einem der unteren Äste, ich streckte ihn ihr entgegen. Sie umfasste ihn und kletterte mit schnellen Bewegungen nach oben.

Sie saß auf dem Ast, auf dem sie lange nicht gesessen hatte, und schmiegte sich an mich. Ich hatte immer noch nichts gesagt, aber das war jetzt auch nicht mehr nötig. Sie war müde, das spürte ich. Im Einschlafen murmelte sie: „Morgen muss ich mit Johann sprechen.“ Dann hörte ich nur noch ihr tiefes, gleichmäßiges Atmen. Sie war wieder da. Und was morgen war, das würden wir sehen. Daran wollte ich jetzt noch nicht denken. Marie schlief sicher in meinen Zweigen und unten zwischen den Wurzeln schliefen die Tiere. Der Wind fuhr leise durch mich hindurch und ich musste mich nach nichts mehr sehnen.

4

Der Sommer kam und mit ihm die Hitze. Selbst in den Nächten kühlte es kaum ab. Eine solche Hitze hatte ich in all den Jahren selten erlebt. Der Boden trocknete aus und es wurde immer schwerer, Wasser bis hinauf in meine Krone und in die Spitzen der Blätter zu bringen. Meine Zweige verdorrten langsam und ich war vollauf damit beschäftigt, mich am Leben zu halten. Ich hatte den Eindruck, das Summen, das das Saugen und Ziehen in meinen Poren erzeugte, war weit über die Felder zu hören. Ich ging völlig auf in diesem Summen und Tönen und in dem Bemühen, das Wasser aus immer tieferen Schichten nach oben zu leiten. Lauter und lauter wurde es in mir und um mich herum. Als hätte sich das Summen und Tönen vollständig von mir abgelöst. Als hätte es mir oder jemand anderem etwas Dringendes zu sagen.

Die Menschen kamen am Tag und suchten Kühle in meinem Schatten. So viele waren lange nicht da gewesen. Sie standen herum, an meinen Stamm gelehnt, oder saßen am Boden im trockenen Gras und redeten und redeten. Ein Gewirr aus Stimmen und Wortfetzen, das sich mit dem Summen aus meinem Inneren zu einem gewaltigen Lärmen vermischte. Und sie ernteten meine Blüten. Ich wusste, dass die Menschen daraus Medizin machten, das hatten sie schon vor Jahrhunderten getan. In der letzten Zeit war das kaum noch vorgekommen, sie hatten wohl etwas Besseres gefunden. Aber jetzt waren sie wieder da, mit ihren Körben und Leitern. Manche kletterten sogar bis in meine Krone hinauf, pflückten die letzten, vertrockneten Blüten. Doch inmitten dieses Treibens war ich allein. Allein mit dem Bemühen, an Wasser zu kommen. Mit meinen Gedanken an Marie.

In den Nächten kam niemand. Kein Spaziergänger, kein verliebtes Paar, keine Kinder, die sich in meiner Krone versteckten. Die Welt lag wie tot in dieser Hitze, selbst die Nachttiere rührten sich kaum. Nur dieses Sausen und Tönen, das mal lauter und mal leiser wurde. Und ein Knallen und Krachen, das ich nicht kannte. Lichter, die aufloderten und wieder verschwanden. Ein Beben. Kam das alles aus mir, konnte das sein? Ich hätte gern jemanden gefragt, ich hätte gern Marie gefragt, ob sie es auch hörte, ob das tatsächlich nur das Geräusch meines Trinkens war, das Raunen meiner Sehnsucht, die so laut durch mich hindurch fuhr. Doch Marie konnte ich nicht fragen, seit der Nacht, in der sie mir von Johann erzählt und endlich wieder zwischen meinen Zweigen geschlafen hatte, war sie nicht mehr hier gewesen. Es musste etwas geschehen sein. Aber was? Ich konnte kaum darüber nachdenken, mit all der Hitze und Trockenheit in mir. Alles knackte und sirrte. Hatte es mit dem Krieg zu tun, kam sie deshalb nicht mehr? Sie hatte doch etwas vom Krieg gesagt, als sie das letzte Mal bei mir gewesen war. Dass ihr Vater dorthin musste. Und die anderen Männer auch. Krieg war nichts Schönes. So viel wusste ich. Es hatte mit Sterben und Blutvergießen zu tun, mit Streit und Hass. Das kannte ich gut. Das waren die Dinge, mit denen die Menschen schon immer zu mir gekommen waren. Entweder deswegen oder wegen der Liebe. Auch Hans hatte damals von einem Krieg gesprochen, der kurz nach der Geschichte mit dem Schäfer ausgebrochen war. Ein Krieg, der lange gedauert und den Menschen großes Elend gebracht hatte. So waren die Menschen, so kannte ich sie: immer heiß und aufgeregt, wie dieser Sommer. Kaum gab es mal einen, der ruhig und kühl und klar war. Außer Marie. Marie war anders, Marie war wie das Wasser, das mir fehlte. Wo war sie nur? Es summte und tönte und knarzte in mir und ich konnte keine Antwort finden.

Die Tage und Nächte vergingen, ich zog mich weiter in mich zurück, achtete nicht mehr auf diese Geräusche und auch auf nichts sonst. Es ging nur noch ums Überleben, ich war allein darauf konzentriert, Wasser in mich zu leiten. Wasser, das durch mich hindurchfloss, das ich ja nicht in mir behalten konnte. Ein endloser Kreislauf, von dem ich bloß ein Teil war. Und natürlich wusste ich, dass ich nicht in diesem Sommer sterben würde, und auch nicht in einem der nächsten. Selbst bei der größten Hitze und Trockenheit würde ich noch einige Jahrzehnte überleben können. Und auch wenn Marie schon lange tot war, würde ich hier wohl noch stehen. Würde hier stehen und an sie denken und mich fragen, was das überhaupt sein sollte, ein solches Leben, von dem man sich doch nur wieder verabschieden musste. Das waren keine Gedanken für einen Baum und doch kamen sie. In diesem Sommer. In dieser endlosen Hitze. Ich ließ sie zu und ließ sie durch mich hindurchziehen, wie den trockenen heißen Wind. Manche nisteten sich ein und blieben. Da sind sie noch heute. Und auch jetzt, wo ich schon alt bin und Marie längst tot ist, wo wieder so ein heißer Sommer ist und in mir nur noch ein Hauch Leben steckt, sind immer noch diese Gedanken da. Sie reden mit mir, diese Gedanken an den Tod. Sie reden und reden und haben Maries Stimme.

Endlich kam der Regen. Er stürzte vom Himmel. Es regnete und regnete und meine Kraft kehrte zurück. Das Wasser floss ganz von selbst durch mich hindurch, durch meine Wurzeln und meinen Stamm bis weit hinauf noch in die obersten Äste und Zweige, bis hinein in das letzte Blättchen. Auch das Getöse hatte nachgelassen. Da war nur noch das Geräusch des Regens und in mir ein sattes, ruhiges Strömen.

Es war Nacht, ich fühlte mich erfrischt. Das Summen hatte nachgelassen. Und da hörte ich ihre Schritte, ich erkannte sie schon von Weitem an den Erschütterungen des immer noch trockenen Bodens. Sie kam schnell auf mich zu.

„Ich wollte nur sehen, ob bei dir alles in Ordnung ist." Sie war außer Atem.

„Ja", sagte ich, „jetzt nach dem Regen fühle ich mich schon viel besser." Ich schwieg eine Weile. „Viel länger hätte ich das nicht aushalten können."

Sie legte ihre Hand auf meinen Stamm und begann mich zu streicheln, wie früher. Aber das war keine Kinderhand mehr, das war die Hand einer jungen Frau.

„Und die Bomben?"

Ich wusste nicht, was sie meinte. „Welche Bomben?"

Sie hielt inne. „Na, der große Luftangriff vor ein paar Tagen. So einen schlimmen hatten wir noch nie. Das lag wohl am Wetter und der schlechten Sicht. Deshalb haben die

Amerikaner einfach überall Bomben abgeworfen. Das sagen zumindest die Leute. In der Stadt ist viel kaputtgegangen. Es hat gebrannt, in der Nähe des Bahnhofs. Zum Glück ist niemand gestorben, aber es hat Verletzte gegeben. Und auch über den Feldern haben sie welche abgeworfen. Ich habe die Leute davon reden hören. Hast du denn nichts gemerkt?“

Ich versuchte mich zu erinnern. Da war das Getöse gewesen, das Krachen, und da waren auch die Lichter dazwischen. Es war doch nicht aus mir gekommen. „Doch“, ich zögerte, „da war etwas, was nichts mit der großen Hitze zu tun hatte. Und auch nicht mit mir. Geräusche und Lichter.“

Ihre Hand lag immer noch ganz ruhig auf meiner Rinde. „Ja, das waren die Bomben.“ Nun musste ich sie doch fragen. Wenn ich etwas verstehen, wenn ich mit ihr im Gespräch bleiben wollte, musste ich sie jetzt danach fragen. „Hat das etwas mit eurem Krieg zu tun?“

Sie zog die Hand weg und lachte. Ein trockenes, hartes Lachen, wie ich es von ihr noch nicht gehört hatte. „Ja, das hat etwas mit dem Krieg zu tun.“ Sie stockte, lachte noch einmal kurz auf. „Und du hast Recht, das ist wohl unser Krieg. Das ist mein Krieg. Auch wenn ich mich nicht dafür entschieden, wenn ich ihn gar nicht angezettelt habe, bin ich jetzt doch mittendrin in diesem Krieg.“ Sie klang so hart und unglücklich. Ganz anders, als ich sie kannte. Sie war kein Kind mehr. Und auch das hatte vielleicht mit dem Krieg zu tun.

„Wieso bist du mitten in diesem Krieg?“, fragte ich. Sie hatte die Arme um mich gelegt, ihre Stirn berührte meinen Stamm. Sie schwieg. Plötzlich hörte ich sie schlucken. Sie schluckte und schluckte. Und dann wurde meine Rinde feucht.

Sie weinte, ich wusste, dass die Menschen das taten. Hier war schon manchmal geweint worden. Ich musste an eine andere Frau denken, vor langer Zeit, in einem anderen Krieg. Die hatte auch so bei mir gestanden und geweint. Aber ich durfte mich jetzt nicht in den Zeiten verlieren, ich musste hierbleiben. Bei Marie. Ich bog einen meiner Äste zu ihr herunter. Ich hatte das lange nicht getan. Es fiel mir schwer, es knackte und knarzte und im Inneren brach etwas. Das lag sicher an der Trockenheit, aber darum konnte ich mich jetzt nicht kümmern. Sie griff nach dem Ast und ließ sich nach oben ziehen.

„Ich habe nicht viel Zeit." Sie saß an der Stelle, an der sie immer gesessen hatte, meine Blätter und Zweige schlossen sich um sie. „Ich muss bald zurück."

„Ja, das weiß ich." Ich wollte sie noch nicht gehen lassen. „Aber jetzt bist du hier."

Sie lehnte ihren Kopf gegen den Stamm. „Ja", sagte sie, „jetzt bin ich hier."

Wir schwiegen eine Weile. Ein Wind fuhr durch uns hindurch. Seit den Regentagen war es kühler geworden. „Sie haben Johann einberufen. Am Montag muss er los." Sie atmete lange aus. „Er ist gerade mal achtzehn. Sie ziehen jetzt auch die ganz jungen Männer ein." Sie machte eine Pause. „Er hat es mir eben erst gesagt. Er weiß, was ihn erwartet. Er ist nicht der Erste aus seiner Familie, der gehen muss. Jetzt auch noch Johann, nachdem es so gut war mit ihm. Er hatte mich schon seiner Familie vorgestellt. Am liebsten würde ich einfach hierbleiben und mich verstecken. Aber ich kann nicht. Ich muss zurück. Unser Haus ist auch getroffen worden. Keiner ist verletzt, aber durch den Brand ist einiges kaputtgegangen. Und Mutter ist ganz allein mit den kleineren Kindern. Vater ist ja schon lange fort. Und Johanns Familie braucht auch Hilfe. Noch ein Mann weniger auf dem Hof." Sie schlug mit dem Hinterkopf gegen meinen Stamm. „Deshalb ist das mein Krieg. Auch wenn ich darin nichts gewinnen kann." Sie machte sich an den Abstieg. „Ich muss los." Ich versuchte, sie zu halten, doch sie befreite sich. Sie sprang auf den Boden und schon im Davonlaufen rief sie: „Wir sehen uns am Sonntag. Ich habe mich mit Johann hier verabredet." Und fort war sie.

Ich blieb zurück mit meinen Gedanken und Fragen. Ich wusste nicht einmal, wann Sonntag sein würde. Mir blieb nichts anderes übrig, als abzuwarten und nachzudenken. Die Nacht kam und mit ihr kamen die Geräusche des Krieges. Denn das wusste ich nun, dass das der Krieg war und nicht ich. Dieses Heulen und dann das Sirren und die Einschläge. Die grellen Lichter. Und jetzt erinnerte ich mich an diesen anderen Krieg, vor vielen Jahrhunderten, von dem Hans mir erzählt hatte. Da war ich noch ein junger Baum gewesen und hatte kaum etwas verstanden von den Menschendingen. Jener war anders gewesen. Andere Geräusche. Da kam nichts aus der Luft. Keine Bomben, wie Marie sie genannt hatte. Und doch wurde die Stadt vollständig zerstört damals. Ich erinnerte mich, wie Hans mir davon erzählt hatte. Bei der ersten Zerstörung war er noch ein junger Mann gewesen, das war nur ein paar Jahre nach der Gerichtsverhandlung. Er war erschüttert, aber nicht mutlos. Er wollte beim Aufbau helfen und sah darin eine Chance, seine Stellung in der Stadt zu verbessern. Den Tod des Schäfers und auch seine seltsame Beziehung zu mir vergessen zu lassen. Doch es blieb nicht bei dieser einen Zerstörung. Ich hörte ihn jetzt wieder, wie er zu mir gelaufen kam, wie ich ihn sofort erkannte, obwohl er lange nicht bei mir gewesen war. Seine Schritte waren müde, er hatte die Stimme eines alten Mannes und dennoch erkannte ich ihn: „Alles brennt, alles ist kaputt. So viele Leute sind tot." Er ließ sich auf den Boden fallen und lehnte seinen Rücken gegen meinen Stamm. So hatte er früher schon gesessen. Schon da war er manchmal verzweifelt gewesen, aber nicht so wie jetzt. Er schlug mit dem Hinterkopf gegen meinen Stamm. „Was ist der Mensch nur für ein Wesen? Sie haben sogar ein altes Weib von achtzig Jahren zu Tode geschlagen. Und alle Häuser haben die Franzosen angezündet. Dieser Krieg dauert nun fast ein Menschenleben und hat abertausende Menschenleben gekostet. Wann ist er bloß endlich vorbei?" Damals wusste ich nichts zu sagen, ich verstand noch weniger von den Menschendingen als heute. Und wenn selbst Hans, ein Mensch, nicht begreifen konnte, wieso die Menschen so etwas taten, wie sollte ich es dann verstehen? Ich schwieg also und auch Hans sagte nichts mehr. Er saß noch eine Weile bei mir. Und dann stand er auf und ging mit schweren Schritten zurück in die Stadt und danach sah ich ihn nicht mehr wieder. Anfangs dachte ich noch manchmal an ihn, doch ich vergaß ihn mehr und mehr. Bis Marie kam. Und jetzt merkte ich, dass nicht nur ihre Stimme in mir saß, sondern auch die von Hans. Und noch ein paar andere. Und ich dachte, dass ich damals etwas hätte zu ihm sagen sollen. Ich hätte ihn nicht so allein lassen dürfen. Das musste ich diesmal anders machen.

Und dann kam sie gerannt. „War Johann noch nicht da?", sie rief es mir schon von Weitem entgegen. „Ich bin viel zu spät, aber Mutter hat mich nicht früher gehen lassen." Sie rang nach Atem. „Seit dem großen Luftangriff ist so viel zu tun. Das Dach ist kaputt. Wir schlafen jetzt jede Nacht im Keller. Das ist auch sicherer, findet Mutter. Wir haben die Matratzen nach unten geschleppt. Es ist schrecklich dort. Alles ist so niedrig und eng. Ich halte es da kaum aus." Sie stützte sich an meinem Stamm ab. Sie atmete jetzt ruhiger. „Aber was ist mit Johann?" Ungeduldig klopfte sie gegen meine Rinde. „Wir hatten gesagt um drei und jetzt ist schon halb vier durch. Er wird doch wohl noch kommen." Ich wusste nicht, was ich sagen sollte, und sie redete einfach weiter. „Er wird doch nicht ohne Abschied gehen. Das kann er nicht machen. Einfach in den Krieg ziehen, ohne ein einziges Wort." Sie setzte sich ins Gras. „Eine halbe Stunde habe ich noch, bis um vier kann ich warten, dann muss ich zurück." Sie machte keine Anstalten, an meinem Stamm hochzuklettern, sie war nicht meinetwegen gekommen. Ich hörte nur ihren Atem, wie er aus ihr hinaus und wieder in sie hineinfuhr, spürte, wie ihr Brustkorb sich dabei hob und senkte. Und in mir strömte endlich wieder das Wasser. Wir waren eins in dieser Bewegung, von mir aus hätte die Zeit anhalten, von mir aus hätte es für immer so bleiben können. Aber die Zeit lief weiter und die halbe Stunde war vorbei. Johann war nicht gekommen und Marie stand auf und ging ohne ein Wort.

Ich blieb da und spürte ihr nach. Fragte mich, was ich anders hätte machen, was ich hätte sagen sollen. Und dann kam Johann. Seine Schritte waren hart und schnell, aber er rannte nicht. Er kam direkt auf mich zu und ich hörte das Aufspringen einer Klinge und da wusste ich, was er vorhatte.

Er würde Marie eine Nachricht hinterlassen. So, wie das schon unzählige Verliebte vor ihm getan hatten. Ich spürte das kalte Metall und wie es mir in die Rinde fuhr. Er ist feige, dachte ich, er traut sich den Abschied nicht zu. Aber er hat sie trotzdem lieb. Sollte ich ihn anreden, würde er mich überhaupt verstehen können? Aber da drehte er sich schon um und lief davon. „Pass auf dich auf", rief ich ihm nach. „Komm heil wieder zurück!" Ich wusste nicht, ob er es noch gehört hatte.

Die Zeit verging und Marie kam nicht mehr. Als hätte ich sie im Stich gelassen, als wäre ich derjenige, der fortgegangen war. Sie kam nicht und deshalb konnte sie auch nichts von Johanns Botschaft wissen, die noch lange in meiner Rinde brannte. Die Zeit verging und mit ihr der Krieg, das Heulen schwoll an und nahm wieder ab, Bomben fielen, Menschen kamen und gingen, doch niemand blieb länger bei mir. Niemand sprach mit mir und so konnte ich auch zu keinem etwas sagen. Aber was hätte das auch sein können, was wusste ein Baum schon vom Krieg? Es wurde Herbst und Winter. Und dann kam ein neuer Sommer. Und noch einer. Und ein Frühling. Ich war wieder ganz in meine bäumische Natur zurückgekehrt. Nur der Gedanke an Marie saß fest in mir wie die Buchstaben in meiner Rinde.

Schließlich kam doch jemand. Nicht Marie und auch nicht Johann, ein anderer Mann. Ich hatte ihn nicht kommen gehört, er hatte seine Hand auf meine Rinde gelegt, wie zum Gruß, und sprach, als hätten wir uns schon immer gekannt, als wüsste er um meine Fähigkeiten. „Ich würde gerne mit dir tauschen", sagte er, „ich würde gerne hier stehen, an deiner Stelle, und die Zeit an mir vorüberziehen lassen und alles, was in ihr geschieht." Er stockte kurz. „Ich wäre lieber kein Mensch mehr. Ich wüsste lieber nicht, wie die Menschen sind und was sie einander antun. Aber ich habe keine Wahl, wie du auch keine hast." Was ist geschehen, wollte ich fragen, meinst du den Krieg? Ich weiß, wie schlimm der Krieg ist, wollte ich sagen. Ich hätte so gerne mit jemandem gesprochen. „Der Krieg ist vorbei", fuhr er fort, als hätte er meine Gedanken gehört, „der Krieg ist vorbei und er war schrecklich. Viel schrecklicher, als du dir vorstellen kannst."

Er kam oft zu mir, fast jeden Tag, meistens in den Abendstunden. War da, ohne dass ich ihn kommen gehört hatte, die Hand an meinem Stamm. Sagte nichts. Stand einfach da, strich ab und an über meine Rinde, atmete tief. Als müsste er sich von einer großen Anstrengung erholen. Und da war noch etwas, eine Trauer, wie ich sie nicht kannte. Aber auch Entschlossenheit. Wir schwiegen beide. Bis er eines Abends anfing: „Meine Arbeit hier ist vorbei. Morgen fahre ich wieder. Ich danke dir, dass ich hier bei dir sein durfte. Dass du mir zugehört hast." Ich erwiderte nichts, ich wusste, was er meinte. „Und noch etwas: Marie geht es gut. Sie hat mir sehr geholfen in den letzten Wochen. Wir haben viel über dich gesprochen. Sie kommt sicher bald." Damit ging er. Ich habe ihn nie mehr wiedergesehen, aber ich habe noch viel an ihn gedacht. Und schon am selben Abend kam Marie. Sie war wieder da, stieg in meine Krone hinauf. Wie immer. Ich schloss die Zweige um sie. „Wer war dieser Mann?", fragte ich. „Morgen", sagte sie, „morgen, heute bin ich zu müde." Sie schmiegte sich an mich. Ihr Atem ging ruhig und gleichmäßig. Sie war wieder da.

5

Der Krieg war vorbei, der Sommer auch. Es war Herbst geworden. Marie kam ab und an, doch es dauerte, bis sie mir die Geschichte dieses seltsamen, traurigen Mannes erzählte. Und obwohl ich mich freute, sie um mich zu haben, ließ mich der Gedanke an ihn nicht los, immer noch spürte ich, wie seine Hand über meine Rinde strich, und auch das Zögern dazwischen, die Pausen, und ich hörte noch seine Worte: „Ich wäre lieber kein Mensch mehr", hatte er gesagt. Obwohl er nicht groß gewesen war – wenn er neben mir stand, reichten seine Hände kaum höher als die von Marie –, so war doch eine Schwere von ihm ausgegangen, die ich nicht vergessen konnte. Und auch bei Marie spürte ich eine solche Last. Sie war stiller geworden. Zwar kletterte sie noch immer an ihren gewohnten Platz zwischen meinen Zweigen, aber nicht mehr so behände. Als hätte auch sie etwas Schweres zu tragen. Und wenn sie dort saß, schwieg sie lange, so, wie er geschwiegen hatte. Manchmal sprach sie kein einziges Wort. Und wann hatte sie zum letzten Mal gelacht? War das vor dem Krieg gewesen? Sie trug an derselben Traurigkeit wie er. „Wer war dieser Mann?", fragte ich Marie immer wieder. Doch sie blieb stumm, lehnte nur den Kopf gegen meinen Stamm und legte ihre Arme um mich. Manchmal schien sie etwas sagen zu wollen, aber dann kletterte sie nach unten und verschwand.

Eines Abends, viele Wochen später, kam sie zu mir, nachdem sie lange nicht mehr da gewesen war. Sie kletterte nach oben, noch etwas schwerfälliger als sonst, wie mir vorkam. Als sie endlich saß, schwieg sie, wie so oft, und ich fragte nichts. Ich hatte mich an die Stille gewöhnt, sie entsprach ja auch meiner Natur. Es war nicht wichtig, dass ich etwas über diesen Mann erfuhr. Die Menschendinge würde ich ohnehin nicht begreifen. Ich schloss meine Zweige um Marie, es war Herbst, ein paar Blätter fielen dabei herunter, aber noch war meine Krone dicht genug, dass sie ihr Schutz geben konnte und auch etwas Wärme. So hatten wir lange nicht gesessen. Ich dachte gerade darüber nach, wie seltsam eigentlich die Zeit ist, dass ich ihr Verstreichen erst mit Marie kennengelernt hatte und dass mir deshalb die Zeit mit ihr wahrscheinlich länger vorkam als all die Jahrhunderte zuvor, weil ich erst mit ihr überhaupt begonnen hatte, in solchen Dimensionen zu denken: Was früher eine Wiederkehr war, war jetzt ein Verschwinden. Über diese Dinge dachte ich nach, als Marie plötzlich zu sprechen begann. „Er kam kurz nach dem Krieg. Er hat für die Alliierten gearbeitet." Ich wusste sofort, von wem sie sprach, und wagte nicht, sie zu unterbrechen. Ich hatte keine Vorstellung davon, wer oder was die Alliierten waren, aber das konnte ich auch später noch fragen. „Er kam hierher, um einen Bericht zu schreiben. Ich habe ihn in den Feldern getroffen. Ich war auf der Suche nach liegen gebliebenen Kartoffeln, wie so oft in dieser Zeit. Wir hatten Hunger, meine Mutter, die Geschwister und ich. Der Krieg ist vorbei, aber die Sorgen nicht. Und mein Vater ist tot oder in Gefangenschaft. Und auch Johann ist noch nicht zurückgekommen. Und deshalb muss ich mich allein um alles kümmern. Essen besorgen. Dabei habe ich ihn getroffen. Immer wenn ich durch die Felder lief, habe ich seine schmale Gestalt gesehen. Er ist jeden Tag da entlanggegangen, gegen Abend. Mit großen Schritten, die Hände hinter dem Rücken, den Blick in die Ferne. So habe ich ihn da gesehen. Irgendwann haben wir begonnen, uns zu grüßen. Und ein paar Tage später hat er mir im Vorbeigehen eine Dose mit Fleisch zugesteckt. Ich lief ihm hinterher, ich wollte mich bei ihm bedanken, aber er hat abgewinkt. ‚Was ist schon eine Konservendose?', hat er gefragt und mich dabei durch seine runden Brillengläser gemustert. ‚Für mich ist das sehr viel', habe ich ihm geantwortet. ‚Für mich war es das auch mal', entgegnete er, ‚unvorstellbar viel.' Und dann schwieg er. Wir sind ein Stück nebeneinander hergegangen. Am nächsten Abend haben wir uns wieder getroffen. Da haben wir uns vorgestellt. ‚Ich bin Eugen', hat er gesagt, ‚Eugen Kogon[1], und wie heißen Sie?' Nach ein paar Tagen hat er begonnen, mir Fragen zu stellen. Seltsame Fragen, die ich nicht verstanden habe: ‚Wenn man etwas Schreckliches gesehen hat', hat er gefragt, ‚soll man davon erzählen, was meinen Sie? Zur Warnung, damit so etwas nicht wieder passiert. Damit die Menschen wissen, wozu der Mensch fähig ist. Oder soll man lieber darüber schweigen, stiftet das Sprechen die Menschen zu noch mehr Schrecklichem, zu noch Schrecklicherem an?' ‚Ich weiß nicht', habe ich gesagt, ‚es kommt wohl darauf an. Aber wenn man annimmt, dass man damit etwas Schreckliches verhindern kann, dann muss man wohl davon sprechen.' Was hätte ich auch sonst sagen sollen? Was hättest du gesagt?" Maries Hand lag schwer auf mir. Ich wusste, sie erwartete keine Antwort, und ich verstand ja auch kaum, wovon sie redete, aber doch stiegen Gefühle in mir auf und Erinnerungen. Und so schwieg ich und sie sprach weiter. „Ich habe ihn also ermutigt. Und schließlich hat er angefangen zu erzählen: von den Konzentrationslagern der Nazis und von dem einen, in dem er gewesen ist. Buchenwald. Den Namen kannte ich schon. So ein schöner Name für so einen furchtbaren Ort. Und Eugen hat mir erzählt, was die Menschen dort einander angetan haben. Erst wollte ich ihm gar nicht glauben. Sicher, schon während des Kriegs haben die Leute hinter vorgehaltener Hand davon gesprochen. ‚Der und der ist im KZ, der Onkel von dem und dem, und wenn du nicht aufpasst, dann kommst du auch dorthin. Und dann: Gute Nacht.' Ich kannte sogar jemanden, der nach Buchenwald gekommen war. Der dort gestorben war. Jemanden von hier. Aber was wusste man schon, woran der gestorben war? Es gab ja auch diesen Witz: ‚Kommt ein Mann zurück aus dem KZ. Fragen ihn die anderen: Wie war's denn? Na, sagt er, schön war's: Morgens gab's Frühstück ans Bett, dann nahm man ein warmes Bad, ging spazieren ... Ach, sagen die anderen, da ist aber neulich einer aus dem KZ gekommen, der hat etwas ganz anderes erzählt. Ja, sagt der Mann, der ist auch schon wieder drin.' So haben die Leute geredet und man konnte sich schon etwas vorstellen dabei. Aber dass es dort so schrecklich war, so abgrundtief böse, das hatte ich mir nicht vorstellen können." Marie schwieg lange. „Oder habe ich es mir nur nicht vorstellen wollen? Denn auch ich habe ja Leute gekannt, die Leute kannten, die in einem Konzentrationslager gewesen sind. Konzertlager haben wir das genannt und da hat es schon wieder nicht mehr so schlimm geklungen. Aber ich hatte ja auch davon reden gehört, wie diese Menschen von dort zurückgekommen sind. Falls sie überhaupt zurückkamen. Und trotzdem habe ich mir so etwas nicht vorgestellt. Oder doch. Der Gedanke war vielleicht da, aber ich habe ihn nicht denken wollen. Und das hat auch Eugen so gesagt: Alle Deutschen haben gewusst, dass es Konzentrationslager gab, kein Deutscher hat sie für Sanatorien gehalten. Eugen hat gar nicht aufhören können zu sprechen und ich habe ihm zugehört. Musste ihm zuhören. Er hat von denen erzählt, die zugesehen haben, wie jüdische Männer und Frauen immer wieder gedemütigt worden sind, wie ihre Synagogen niedergebrannt und Geschäftshäuser zerstört wurden. Und genau so so war es", sagte Marie, „ich erinnere mich, dass manche meiner ehemaligen Klassenkameraden nach Bad Homburg geradelt sind und geschaut haben, wie die Synagoge brannte. Das haben wir alle gewusst. Denn auch hier hat die SA Geschäfte und Wohnungen zerstört. Und Leute wurden abgeholt und aufs Brutalste behandelt. Eugen hatte Recht, wir wussten das." Marie machte eine Pause. Ich verstand wenig von ihren Erzählungen, warum sie so aufgewühlt war. Ich fragte nicht nach. Meine Aufgabe war es, da zu sein. Ich merkte, dass sie fror.

„Schließlich kam er mit seinem Manuskript und hat mir Abschnitte daraus vorgelesen und immer wieder gefragt: Kann ich das stehen lassen, kann man das überhaupt jemandem zum Lesen geben oder soll ich besser alles verbrennen? Er hatte so viele Zweifel und ich konnte ihm so wenig helfen. Was weiß ich schon von Politik und davon, wie man Bücher schreibt? Nur in einem war ich mir sicher: dass er alles so, wie es war, auch erzählen muss. Denn er hat es ja selbst erlebt. Was er mir da vorgelesen hatte, war ja keine erfundene Geschichte, sondern das ist tatsächlich geschehen. Das haben Menschen getan. Und das war nicht in unvordenklichen Zeiten oder am Ende der

Welt, außerhalb jeder Zivilisation. Das ist hier und jetzt passiert." Sie machte eine lange Pause. „Ich habe ihm auch etwas erzählt", sagte sie dann, „ich habe ihm die Geschichte von dem Schäfer erzählt. Wie sie ihn erstochen haben und wie er hier bei dir gestorben ist. Und ich habe ihm auch von der Gerichtsverhandlung erzählt und wie du eingegriffen hast, um die Angeklagten vor der Todesstrafe zu retten, besonders den einen, den jüngsten, der nichts getan hatte. Und wie dir das gelungen ist." Sie dachte kurz nach. „Und ich habe Eugen auch davon erzählt, dass ich das von dir weiß. Dass ich mit dir rede, seitdem ich ein Kind war. Und ich habe ihm gesagt, was du mir bedeutest: dass du mein Zufluchtsort bist. Dass ich bei dir sein kann, wie ich sonst nirgendwo sein kann. Dass ich nichts erklären muss. Dass, wenn ich hier bei dir bin, die Welt nicht mehr ein so großes Gewicht hat. Er hat es verstanden. Am nächsten Abend kam er wieder mit seinem Manuskript und hat mir etwas vorgelesen und ich habe es aus der Erinnerung notiert." Sie holte etwas aus ihrer Rocktasche. „Hör zu, was er über die Sonntage im Lager geschrieben hat:

Das Leben im KL war mit Sklavenarbeit und Kampf um die nackte Existenz bis obenhin ausgefüllt. Freizeit? Es gab natürlich auch eine Freizeit im Konzentrationslager, aber sie war kärglich […] und sie wurde von der SS noch bei jeder Gelegenheit beschnitten. […] Was man sich nun an wirklicher Freizeit zusammenkratzen konnte, manchmal zehn Minuten, zuweilen eine Stunde, selten einen Nachmittag, am ehesten noch im Winter, wenn der Arbeitsschluß früher lag, die Abende vor dem Zubettgehen, das wurde in ganz verschiedener Weise zur Erholung *genutzt. War das Wetter schön, so machte man auf den Lagerstraßen, sofern dies erlaubt war – und es war weder immer noch überhaupt in allen Lagern erlaubt – einen ‚Spaziergang'. Dieses Wort kommt mir, während ich es niederschreibe, in Erinnerung an das Lager ungeheuer lächerlich vor!"*

Marie stockte. „Auch hier ist er viel spazieren gegangen, so habe ich ihn ja kennengelernt. Was für ein Unterschied!" Sie nahm das Papier wieder auf und las weiter:

„Bis 1941 gab es in Buchenwald innerhalb des eigentlichen Lagers noch so etwas wie einen Baumbestand, also ‚Wald', wo man [...] auf dem etwas abschüssigen Boden liegen oder über den Stacheldraht hinweg, zwischen den Wachtürmen hindurch, ins Thüringer Land hinausschauen konnte; in der Ferne, weit in der Ferne sah man die Umrisse des Harzgebirges und an besonders hellen Tagen den Kyffhäuser. Und Bauern stapften über die Felder, draußen, ein paar Pferde zogen am Pflug, ein Dorf mit einem Kirchturm lag dahinter, blauer Rauch stieg irgendwo zwischen den Dächern auf ... Da draußen, ja, da lebte also das deutsche Volk. Hm."[2]

Marie ließ das Papier sinken.

„Kannst du dir das vorstellen, ein solches Leben? In keiner Sekunde zu wissen, ob man die nächste noch erleben wird. Willkür und Grausamkeit ausgeliefert, hungrig, krank, schwach – und dann zu sehen, dass außerhalb dieser Welt das Leben weitergeht? In aller Normalität, völlig unberührt von dem, was innerhalb des Stacheldrahts geschieht. Kannst du dir das vorstellen? Ob es dort wohl einen Baum gegeben hat, so wie du einer bist? Ob die Häftlinge dort etwas Ruhe finden konnten? Eugen hat nichts davon gesagt. Aber er hat mir vorgelesen, was dann passierte:

Und dann ereignete sich folgendes: 1939 kam ein SS-Mann mit dem schönen Namen Krautwurst in den ‚Wald' und war erbost darüber, dass da so viele Häftlinge in ihrer Freizeit herumlagen. Er brachte 70 – von denen mindestens 50 in dem Sinne ‚schuldig' waren, dass sie nicht rechtzeitig ‚abgehauen' waren – zur Meldung, die nun an mehreren Sonntagnachmittagen hintereinander in der Gärtnerei ‚Scheiße tragen' mußten. Freizeit im KL."[3]

Marie machte eine Pause. Und ich dachte über das nach, was sie mir gerade vorgelesen hatte. Ja, ich konnte mir das vorstellen, so hatte ich die Menschen kennengelernt, oder vielmehr hatte ich auch diese Seite der Menschen kennengelernt, das Grausame, Böse, die ganze Härte. Schon bei den Gerichtsverhandlungen war es immer darum gegangen, dass einer dem anderen etwas angetan hatte. Ihm etwas fortgenommen, ihn verletzt, eine Grenze überschritten. Und ebenso hatte ich die Menschen erlebt, die dem Bösen bloß zuschauten und es geschehen ließen. Hans war so einer gewesen. Nicht einmal die Hand des sterbenden Schäfers hatte er gehalten. Er hatte ihn allein gelassen. Damals war es mir nicht erstaunlich vorgekommen. Jetzt dachte ich anders darüber. Marie hatte wieder angefangen zu sprechen. „Wir haben es alle gewusst", sagte sie „wir haben gewusst, was mit Eugen Rothschild passiert ist. Sie haben ihn gejagt wie ein Stück Vieh, aus der Haustüre heraus und die Stufen herunter, dass er fiel. Und wir haben bloß dabeigestanden und haben nichts getan." Sie war von mir heruntergeklettert und auf den Boden gesprungen. Sie rannte davon. Ich hörte sie noch rufen: „Wir haben nichts getan." Sie rief es wieder und wieder. Ich blieb allein zurück. Aber diesmal war sie einsamer als ich. Und ich war froh, kein Mensch zu sein.

6

Der Winter kam und er war kalt. Ich hatte alle Blätter abgeworfen und der Frost legte sich über meine Äste und Zweige. Und auch innerlich erstarrte ich. Das kannte ich, das war normal, so ging es mir in jedem Winter. Das Wasser floss langsamer und gefror, der Boden wurde hart und undurchdringlich und auch den Igel, der sich zwischen meinen Wurzeln zum Winterschlaf zusammengerollt hatte, spürte ich kaum noch. Ich wusste, er war da und schlief, aber er hatte sich so sehr seiner Umgebung angepasst, dass selbst ich ihn kaum wahrnehmen konnte: Er war nur noch ein schwacher Hauch, ein langsames Pochen. Um ihn musste ich mir keine Sorgen machen. Wenn der Frühling käme, wenn es wärmer würde, würde auch er wieder erwachen, noch leichter als zuvor, aber vollkommen unbeschadet. Anders stand es um Marie. Was dieser Mann ihr erzählt hatte, was er erlebt hatte, das hatte Marie tief erschüttert. Das stellte sie und das menschliche Leben überhaupt weit mehr in Frage, als der bitterkalte Winter es tat.

Anders als zuvor besuchte Marie mich in diesem Winter regelmäßig. Es dauerte nicht lange, bis ich sie wieder über die Felder kommen hörte. Aber sie ging nicht, wie sie früher gegangen war, ihr Gang hatte nichts mehr gemeinsam mit dem wilden Rennen und Springen, mit dem Marie damals in mein Leben gestürmt war. Und sie schwieg. Sie stand bei mir, die Hand müde auf meiner Rinde, und schwieg.

Sie kam zu mir, als hätte sie eine Last zu tragen, und der gefrorene Boden ließ mich diese Last schon von Weitem erahnen. Sie trat auf mich zu, legte die Hand an meinen Stamm. Schwieg. Als suchte sie etwas, von dem sie schon wusste, dass sie es nicht finden würde. Als versuchte sie, etwas von ihrer Bürde an mich abzugeben, und wüsste doch zugleich, dass man eine solche Last nicht loswerden kann. Ebenso hatte dieser Eugen bei mir gestanden, auch wenn er unvergleichlich Schwereres getragen hatte als sie. Nach einer Weile ging sie wieder, so wie auch er jedes Mal gegangen war. Unverändert. Bedrückt. Traurig. Schließlich hielt ich es nicht mehr aus. Ich sprach sie an. Das fiel mir nicht leicht. Der Winter ist immer eine Zeit des Schweigens. Ich suchte in mir nach ein paar Worten. Das dauerte eine Weile, ich hatte Angst, sie könnte schon wieder gegangen sein, bevor sie mir eingefallen wären. Ehe ich endlich zu sprechen begann, schob ich meine Rinde sacht gegen ihre Handfläche, damit sie vorbereitet war. Das war nicht einfach in dieser Kälte und Starrheit, aber ein leichter Druck genügte. Sie erschrak, zog ihre Hand kurz weg, legte sie dann aber doch wieder an meinen Stamm. Sie wusste, dass sie jetzt mit mir sprechen musste. Dass sie nicht für immer schweigen konnte.

„Marie", der eisige Winterwind trieb die Worte aus mir heraus, „warum bist du so traurig? Immer noch wegen dieses Mannes, wegen Eugen?"

Als hätte sie darauf gewartet, endlich reden zu können, stürzten die Worte aus ihr heraus: „Wegen Eugen und dessen, was er erlebt hat, was ihm angetan wurde. Ihm und Millionen von Menschen. Ja, das kann ich nicht vergessen. Das darf ich nicht vergessen! Auch wenn ich mir manchmal wünschte, ich wäre ihm nicht begegnet und hätte nicht erfahren, wozu die Menschen im Stande sind. Aber ich weiß es jetzt. Und bald weiß es alle Welt: Es ist gut, dass er dieses Buch geschrieben hat." Sie stockte kurz. „Doch es ist nicht nur das. Nicht nur, was in Buchenwald und den anderen Konzentrationslagern geschehen ist, sondern auch, wie es hier war. Was ich gesehen oder gehört und nicht verhindert habe." Sie strich über meine Rinde. „Weißt du, ich war auch nicht besser als dein Hans damals. Ich habe auch hingeschaut oder besser weggeschaut und nichts unternommen. Und das ist meine Schuld, damit muss ich zurechtkommen, das kann mir keiner abnehmen. Du nicht. Und Eugen nicht. Und auch sein Buch kann das nicht. Im Gegenteil, durch dieses Buch habe ich erst gelernt, was meine Schuld ist. Als hätte ich vorher keine Augen und Ohren gehabt. Kein Herz. Vor allem das nicht", setzte sie hinzu. Ich schwieg, was hätte ich dazu sagen sollen. Deshalb stupste ich Marie nur leicht mit einem meiner unteren Äste an. Wollte sie nicht heraufklettern? Auch wenn sie keinen Trost suchte oder verdient zu haben glaubte, so hatte sie hier oben bei mir doch immer wenigstens Ruhe gefunden.

Sie machte keine Anstalten, meiner Einladung zu folgen, lehnte sich nur ein bisschen enger an mich. Ich streckte ihr zwei meiner Äste entgegen, das war nicht leicht, der Winter hatte alles kalt und starr werden lassen, aber ich konnte nicht anders, auch wenn die Gefahr bestand, dass einer der Äste brach. Doch sie rührte sich nicht. Ich stupste sie noch einmal an. Jetzt lachte sie. Was war nur los mit ihr?

„Lass schon gut sein“, sie knuffte mich, „ich kann im Moment nicht nach oben klettern. Und es wird auch noch eine Weile dauern, bis ich das wieder kann.“ War sie krank, verletzt? Sie drückte einen Finger gegen meine Rinde, knibbelte daran. „Ich habe es dir noch gar nicht erzählt, ich dachte, du spürst es. Du bist schließlich ein Naturwesen.“ Sie lachte schon wieder. Was sollte ich spüren? Das Einzige, was ich wahrnahm, war ihre Traurigkeit. Und diese Schwere. Und wie sie jetzt an meiner Rinde herumspielte. „Johann ist zurück, eine ganze Weile schon. Er kam zwei Monate nach Kriegsende, stand plötzlich vor meiner Tür. Und ich habe ihn hereingelassen.“ An Johann hatte ich seit Jahren nicht mehr gedacht. Seit er damals seine Botschaft in meinen Stamm geritzt hatte, hatte ich nicht mehr an ihn gedacht. Marie fuhr immer weiter mit den Fingern meinen Stamm entlang und plötzlich wusste ich, was sie tat. Da hatte Johann gestanden. Und auch wenn die Zeit die Zeichen sicher brüchig gemacht und in die Breite gezogen hatte, so waren sie doch immer noch an derselben Stelle.

„Was hat er denn da hineingeritzt?“, fragte ich sie.

In ihrer Stimme war ein Lächeln: „Nichts Besonderes. Unsere Anfangsbuchstaben. M und J. Und ein Herz darum.“ Unablässig fuhr sie mit ihrem Finger über meine Rinde. Und ich spürte wie damals den Schmerz, als die kalte Klinge seines Messers in meine Rinde gedrungen war.

„Er ist also wieder da.“ Ich brachte die Worte kaum heraus. Da war nur ein brüchiges Wispern, leise wie der Herzschlag des Igels. „Und was hat das mit dir zu tun? Und mit deiner Traurigkeit?“ Sie ließ die Hand sinken, trat einen Schritt zurück. „Mit meiner Traurigkeit hat das gar nichts tun. Im Gegenteil. Es ist schön, dass Johann wieder da ist. So habe ich wenigstens jemanden. Er hat sich verändert, durch den Krieg. Alle haben sich verändert. Wir verstehen uns besser. Nein, traurig ist es nicht, dass Johann wieder da ist. Es ist ein Glück!“ Ich kannte mich nicht mehr aus. Wenn es ein Glück war, mit Johann, wieso kam sie dann nicht mehr zu mir herauf? Brauchte sie mich nicht mehr? Ich spürte immer noch Johanns kalte Klinge und wie sie die Buchstaben in mich ritzte, und auch wie Maries Fingerspitzen darüberstrichen, spürte ich, obwohl sie mich doch schon längst losgelassen hatte, spürte ich noch immer ihre Hände auf mir und ich spürte auch, dass diese Berührung nicht mir galt, sondern Johann. Außen war ich kalt und starr, die kalte Winterluft strich über mich hinweg. Aber in mir war ein Feuer, wie ich es noch nicht kannte. Alles in mir tobte, wie vor hunderten von Jahren, als die Menschen mich nicht in Ruhe lassen konnten. Und doch war dieses Wüten anders. Der Igel zwischen meinen Wurzeln regte sich, meine Hitze übertrug sich auf ihn. Marie hatte wieder zu sprechen begonnen. Von fern kamen ihre Worte zu mir, wie Schatten, wie der Schlag eines Vogelflügels, der Seufzer eines Igels im tiefen Schlaf. So, wie ich die Menschenstimmen früher wahrgenommen hatte, als ihre Worte noch keine Bedeutung für mich hatten, ein Hauch am Rand meines Bewusstseins. Was hatte sie gesagt?

Sie hatte die Hände schon seit einer Weile wieder auf meinen Stamm gelegt. Diesmal meinte sie mich. Sie umfasste mich und legte ihr Gesicht an meine kalte Rinde. Etwas war anders. Ihr Körper war anders, nicht nur größer, daran, dass sie kein Kind mehr war, hatte ich mich gewöhnt. Nein, sie war breiter, runder. Da war eine Regung, die nicht von Marie ausgegangen war. Und nun verstand ich. Marie trug ein Kind in sich. Von Johann. Marie würde ein Kind bekommen. Ein Mädchen. Sicherlich. Mit diesem Mädchen würde die Geschichte von vorne beginnen. Oder weitergehen. Denn auch die Menschen konnten sich dem Lauf der Natur nicht entziehen, auch ihr Leben ging in Kreisläufen dahin. Wir waren gar nicht so verschieden. Frühling, Sommer, Herbst und Winter und die Jahreszeiten dazwischen, für die ich keine Namen hatte, weil die Menschen sich keine Namen dafür ausgedacht hatten. Wachsen und Vergehen, Geburt und Tod, alles wiederholte sich. Marie entzog sich dem nicht. Trotz des Schweren und Bitteren, trotz der Trauer und Fassungslosigkeit, die neuerdings zu ihr gehörten, entzog sie sich dem Ruf dieses Lebens nicht. Ich drängte ihr entgegen, sie spürte die Bewegung meiner Rinde und erwiderte sie. Wir gehörten derselben Natur an. Demselben Dasein.

Marie hatte die ganze Zeit gesprochen, aber ich hatte kein Wort verstanden, so sehr war ich mit mir beschäftigt gewesen. Jetzt hörte ich sie: „Die Natur und die Entscheidungen, die wir in ihr treffen, sind größer als wir." Sie machte eine lange Pause. „Ich hätte nicht gedacht, dass ich sofort schwanger werde. Dass da überhaupt Platz wäre für ein Kind in diesem ganzen Traurigen. Denn auch Johann ist nicht mehr derselbe. Er war so jung, als er ging, und jetzt ist er ein Mann. Aber er ist nicht einfach nur älter geworden. Der Krieg hat ihn verändert. Was er erlebt hat, was er selbst getan hat. Ich weiß nicht viel, er erzählt kaum etwas, nur, dass er in der Kälte war. Mit Fahrrädern und Skiern. Seine Kameraden sind um ihn herum erfroren. Er hat drei Zehen verloren. Viel spricht er nicht davon. Er ist insgesamt stiller geworden. Ernster. Manchmal weint er einfach so. Und er schreit in der Nacht." Sie hob den Kopf und ließ die Stirn gegen meinen Stamm sinken. „Ich habe ihm von Eugen erzählt, von seinem Buch. Von den Konzentrationslagern. Manches wusste er, vieles nicht. Ich glaube ihm das. Und ich glaube ihm auch, dass er versucht hat, niemanden zu erschießen." Sie machte eine Pause, sie atmete etwas schwerer. „Er sagt, er hat immer ein bisschen vorbeigezielt. Oder in die Luft. Aber natürlich könnte er doch jemanden getroffen haben. Und er sagt, dass er gar nicht wusste, was das ist: ein Krieg. Dass das nicht nur eine Sache im Radio ist und in den Zeitungen. Nicht nur ein Sieg oder eine Niederlage. Sondern eine einzige endlose Reihe von Verlusten. Er sagt, dass er, wenn er eines Tages stirbt, zurückkehren wird in diesen Schnee, in diese unerbittliche Kälte. Dass ein Teil von ihm dort jetzt schon ist. Dass dieser Teil dort gar nicht herausgekommen ist." Ich spürte den Winterwind und die Kälte des Bodens und mir wurde klar, dass diese Kälte für den Menschen etwas anderes bedeutete als für mich oder den Igel. Dass der Mensch dieser Kälte nichts entgegenzusetzen hatte. Plötzlich wollte ich, dass Marie ging, dass sie nach Hause ging, zu Johann. Wo sie es warm hatte. Aber sie redete weiter. „Und trotzdem kommt jetzt das Kind. Am Anfang konnte ich es gar nicht glauben. Aber Johann hat sich gefreut, er war sicher, dass das gut gehen würde. ‚Das Leben ist jetzt an der Reihe', hat er gesagt, ‚und wir tun gut daran, es einfach machen zu lassen.'" Sie hielt kurz inne. „Das Leben", sagte sie dann nachdenklich,

„das läuft einfach immer weiter. Das hört nicht auf. Nicht das einzelne Leben natürlich, aber das Leben an sich. Wo nimmt es bloß dieses Recht her?“ Wir schwiegen beide. Nach einer Weile fuhr sie fort: „Und wir haben jetzt auch ein Zuhause. Er hat den Hof seines Vaters übernommen. Der ist ja im Krieg geblieben. Und die Brüder auch. Nur Johann kam zurück.“ Sie stockte. „Und mein Vater, der ist auch wieder da. Schlimmer als jemals. Und säuft den ganzen Tag. Aber ich bin jetzt weg. Ich bin jetzt bei Johann. Wir haben geheiratet“, setzte Marie hinzu. „Und seine Mutter freut sich, dass wir bei ihr sind. Sie sitzt den ganzen Tag am Fenster und strickt. Sie hat die alten Pullover von Johanns Brüdern aufgeribbelt und strickt daraus Sachen für das Kind. Sie sagt, dass man die Veränderungen des Lebens mitmachen muss, dass man verrückt wird, wenn man immer am Alten und Toten festhält. Dass man die Toten gehen lassen muss. Sie hat Recht, auf eine Weise. Aber ganz so einfach ist es doch nicht. Von dem, was Eugen mir erzählt hat, will sie nichts wissen. Das passt nämlich nicht in diese Logik. Das passt in überhaupt keine Logik. Und deshalb bleibt das auch da. Ob Johanns Mutter will oder nicht, das bleibt einfach da. Manche Dinge lassen sich eben nicht umstricken.“ Sie schlug mit der flachen Hand gegen meine Rinde, wieder und wieder. „Ich kann das einfach nicht vergessen. Was in Eugens Buch steht. Was tatsächlich passiert ist. Das Böse. Und ich kann auch nicht vergessen, was mit mir selbst passiert ist, in diesen Jahren. Dass ich so getan habe, als wüsste ich nichts. Als ginge es mich nichts an. Aber es geht mich etwas an. Wenn ich ein Mensch sein will, dann geht es mich etwas an. Und erst recht, wenn ich bald eine Mutter bin.“

Der Abend kam, es war schon lange dunkel. Es begann zu stürmen. Zwischen meinen Wurzeln war nur noch ein langsames Pochen, der Igel hatte sich wieder beruhigt. „Wenn ich das nächste Mal komme, wird das Kind schon auf der Welt sein“, sagte sie im Fortgehen. „Dann bringe ich es mit.“ Ich war wieder allein. Ich dachte an das Leben und wie es immer weiterging. Ich dachte daran, dass auch ich eines Tages sterben würde. Und plötzlich wusste ich nicht mehr, ob mich der Gedanke beruhigte oder erschreckte, dass das Leben auch nach meinem Tod weitergehen würde. Und da wurde mir klar, dass auch ich mich unwiderruflich verändert hatte.

7

Ein schwaches, aber deutliches Zittern und Schütteln kitzelte mich an meinen Wurzeln, ein leises Kratzen und Schaben und Schnüffeln: Der Igel war erwacht. Das Frühjahr begann, jetzt musste er auf Futtersuche gehen. Und schon war er fort, auf seinen kleinen schnellen Beinen. Auch in mir regte es sich. Die Luft war milder geworden, der Boden schon längst getaut. Ich streckte meine Äste aus, die ersten Blätter wuchsen mir. Alles in mir und um mich herum erwachte. Frühlingsstürme kamen und Regen. Ich trank lange und durstig.

Seitdem Marie, noch mitten im Winter, mir erzählt hatte, dass sie und Johann ein Kind bekommen würden, war sie nicht mehr bei mir gewesen. Ob es schon geboren war? Ich dachte viel an sie, an die beiden. Und auch an Johann dachte ich und welcher Art das Leben hätte sein können, das Marie mit mir geführt hätte. Fernab von den anderen Menschen, verkrochen in meine Krone, versteckt zwischen meinen Blättern und Zweigen. Ich hätte sie beschützen können. Sie hätte hier oben sitzen können und niemand hätte ihr etwas anhaben können. Irgendwann hätte niemand mehr gewusst, dass es sie gab. Die Welt hätte sie vergessen. Aber wir hätten miteinander sprechen können, Tag und Nacht, irgendwann sicher auch ohne Worte. So, wie ich mich mit dem Igel verständigt hatte, während er zwischen meinen Wurzeln schlief. Wie ich mich mit allem verständigt hatte, bevor Marie kam. Sie wäre den Menschen fremd geworden und die Menschen ihr, irgendwann hätte es kein Zurück mehr gegeben. Dann hätte sie für immer hierbleiben müssen, verborgen zwischen meinen Ästen und Zweigen. Sie wäre zu einem Teil von mir geworden. So schön der Gedanke auch war, ich wollte das nicht. Ihr Leben sollte kein Winterschlaf sein. Dann also Johann. Johann und Marie. Und das Kind. Sie würde ja wiederkommen, das hatte ich jetzt verstanden. Und so wartete ich auf sie, Tag für Tag.

Eines Tages trat jemand auf mich zu, es war nicht Marie, das wusste ich gleich. Und doch war da eine große Vertrautheit, eine Verbundenheit, die ich sonst nur mit Marie fühlte. Es war Johann, er hatte das Kind auf dem Arm. Er stand lange schweigend da, gegen meinen Stamm gelehnt. Ich spürte sein tiefes Atmen und bald auch die schnelleren Atemzüge des Kindes. Da war der Herzschlag der beiden. Zuerst nur seiner, ruhig und kräftig, dann der des Kindes, ein leichtes Pochen, ein Hauch, kaum wahrnehmbar. Aber doch eindeutig. Regelmäßig. Das Schlagen dieser beiden Herzen vermischte sich mit dem Rauschen des Wassers in meinen Bahnen zu einem einzigen Geräusch. Dem Rhythmus des Lebens. Ich hörte nichts anderes mehr, nicht das Trappeln des Igels, kein Vogelzirpen. Nicht einmal den Frühlingswind nahm ich noch wahr.

Wir standen lange so, bevor Johann zu sprechen begann. Er hatte eine warme Stimme, das war mir noch nicht aufgefallen. Warm und müde. „Die Geburt war nicht leicht. Meine Mutter war dabei. Und die Hebamme. Marie hat viel Blut verloren. Und auch das Kind ist schwach." Er machte eine

Pause. Ich spürte eine sachte Bewegung: Er strich dem Kind über das Gesicht, zog die Decke etwas fester um es. „Sie hat uns zu dir geschickt.“ Er stockte, er lehnte schwer an meinem Stamm. „Marie. Sie wäre gerne selbst gekommen. Aber sie schafft es nicht. Sie liegt zu Hause. Meine Mutter ist bei ihr. Sie wollte, dass du es kennenlernst, unser kleines Mädchen. Sie sagte, sie habe dir das versprochen. Und dass ich besser gleich gehen solle. Ich wäre mit ihr ja lieber zum Pfarrer. Aber Marie hat darauf bestanden. Sie hat gesagt …“ Er unterbrach sich, schüttelte den Kopf. „Und jetzt stehe ich hier und spreche mit einem Baum. Als hätte ich sonst nichts zu tun.“ Seine Stimme hatte sich verändert, ihr Klang war härter geworden. Ungeduldig. „Meine Mutter sieht das natürlich auch nicht gern. Aber sie kann Marie nichts abschlagen. Genauso wie ich.“ Er verstummte.

Es war mir schwergefallen, ihm zuzuhören, immer wieder hatte sich das Getöse der beiden Herzschläge, das Strömen des Wassers in mir dazwischengedrängt, ich hatte mich sehr zusammennehmen müssen, um seinen Worten zu folgen. Dennoch hatte ich die Sorge vernommen.

Die Angst um Marie und auch um das Kind. Aber hier war kein Platz für Angst. Hier war nur das Leben. Seitdem er bei mir stand, mit dem Kind in seinen Armen, hatte ich nichts anderes wahrgenommen als die bedingungslose Kraft des Lebens. Sicher, dieses Kind war winzig, kleiner vielleicht als andere Babys, was wusste ich schon über Menschenkinder, sein Herzschlag war leise, aber ich hatte keinen Zweifel, dass es heranwachsen und groß werden würde. Dass es eines Tages in mir herumklettern und auf meinen Ästen sitzen würde, wie früher seine Mutter.

Das wollte ich Johann gerne sagen, ich wollte ihn bitten, mir das Kind zu geben, damit ich es einmal halten konnte. Er würde sich keine Sorgen machen müssen, es würde mir nicht herunterfallen. Damals war ich noch stark, das Leben pulsierte in mir, es floss von der tiefsten Wurzel bis hinein in die äußersten Spitzen meiner Zweige und Blätter – und ich hätte es mir auch nicht anders vorstellen können. An Schwäche, an Sterben und Vergehen dachte ich noch lange nicht. Jeder Frühling erschien mir wie ein neuer Anfang. Das ist gar nicht lange her, und jetzt? Ist nicht mehr viel von mir übrig. Kaum, dass ich noch erwache aus dem Winter. Kaum, dass noch ein paar Blätter sprießen. Wer würde mir jetzt noch sein Kind anvertrauen? Doch damals war das anders.

Und schließlich überwand ich mich. „Johann", sagte ich, „gib mir das Kind. Ich möchte es halten und spüren." Er zuckte nicht zurück, er erschrak nicht, als er meine Stimme hörte, als hätte er es schon längst gewusst, als hätte er nie gezweifelt, dass man mit einem Baum sprechen kann. Und Antwort bekommt. „Hier", sagte ich und streckte zwei meiner stärksten Äste nach unten, „leg es da hinein. Ihm wird nichts geschehen." Und da legte er das Kind auf meine Äste, ohne zu zögern, und ich schloss zärtlich meine Zweige um es. Und da stand ich nun, ich großer, jahrhundertealter Baum, mit diesem winzigen Menschenkind. Ich spürte seine Kleinheit und Leichtigkeit, seinen Herzschlag und auch, wie weich seine Haut war. Wie dünn und zart. Es war der vollkommene Gegensatz zu mir. Und auch wieder nicht. Ich wiegte es sacht hin und her. Das Kind gab kleine Töne von sich. Am liebsten hätte ich es nie mehr hergegeben.

Und da dachte ich, dass es doch schön wäre, wenn auch von mir jemand zurückbliebe und etwas von mir wüsste, während ich selbst irgendwann gehen müsste. Wenn jemand von mir erzählen könnte und von allem, was ich erlebt und gesehen, ja, was ich getan hatte. Dem Worte geben könnte, wofür ich keine Worte gehabt hatte. Und nun dachte ich doch an Tod und Vergehen.

Das waren Menschengedanken, natürlich. Denn das Vergehen, das Sich-Verändern und schließlich Verschwinden, Nahrung für einen anderen werden, die eigene Form verlieren, das gehört ja zum Leben eines Baumes unabänderlich dazu, dass das Dichte und Schwere zu etwas Leichtem und Zerstreutem wird. Jedes Jahr werfe ich meine Blätter ab, selbst jetzt noch, wo es nur so wenige sind, damit sie einen anderen nähren oder ihm Schutz bieten. Aber die Menschen wollen lieber, dass alles bleibt, wie es ist. Als gäbe es das überhaupt, einen Zustand, dem keine Veränderung vorausgegangen ist. Dem keine nachfolgt. Was wäre das, ein solcher Zustand? Eine Selbstvergessenheit der Zeit. Eine Gegenwart, die immer gegenwärtig bliebe. Dabei lassen die Menschen aber außer Acht, dass auch sie selbst einmal nicht da waren. Dass es ihn nicht gab, diesen Kopf, mit dem sie jetzt alles erinnern und speichern wollen.

Nicht die Füße, mit denen sie davonlaufen vor dem Tod. Und auch nicht die Hände, mit denen sie versuchen, an allem festzuhalten und alles zu reparieren.

Selbst mich versuchen sie fortwährend zu reparieren. Erst gießen sie eine Masse in mich hinein, die mir die Luft abschnürt und das Wasser nimmt, die in mir erstarrt und mich zum Erstarren bringt, härter als der Boden im Winter, undurchdringlicher als jeder Frost. Und als ich beginne, damit zu leben, hinzunehmen, was ich nicht ändern kann, davor zurückzuweichen, so gut es mir eben möglich ist, da klopfen sie alles wieder heraus und lassen die Höhlung offen stehen. Zwingen mich aber zugleich in eine enge Hülle, bohren in mich hinein, stützen und füttern mich. Und kaum habe ich mich davon erholt, da kommen sie mit ihren Baggern und Schaufeln und hacken mir die Wurzeln ab. Und davon habe ich mich nicht mehr erholt, davon werde ich mich nie mehr erholen.

Aber selbst jetzt sind die Menschen nicht bereit, den Lauf der Dinge zu akzeptieren. Immer und überall greifen sie ein. Sie sind nicht in der Lage, die Hände in den Schoß zu legen und etwas geschehen zu lassen. So, wie sie ja auch mich nicht in Ruhe lassen. Selbst jetzt noch, wo kaum etwas von mir übrig ist. Immer wieder kommt jemand, legt seine Hand an mich, legt Worte in mich hinein, die ich so niemals denken würde. Ich bin ein Baum, kein Mensch.

Doch das wusste ich noch nicht, als ich da stand, mit Maries Kind auf meinen Ästen. Und Johann neben mir. Von all dem wusste ich noch nichts. Da spürte ich nur das Kind so nah bei mir, seinen Atem, seinen Herzschlag, die Wärme seiner Haut. Die Frühlingsluft strich über uns beide hinweg und es regte sich sacht. Johann legte die Hand auf Brust und Bauch des Kindes, so standen wir drei, jeder von uns auf andere Weise in Gedanken an Marie vertieft. Und auch wenn ich jetzt davon erzähle, als wäre die Sprache ausreichend, um diesen Zustand, dieses Erleben zu beschreiben, so war sie das in jenem Moment nicht. Wir drei standen vor der Grenze, die das Sagbare vom Unsagbaren trennt. Keine Worte, keine Stimme, nur das Tönen des Kindes und der Wind, der über uns hinwegging. Die Weite der Ebene, die uns umschloss. Und seitdem waren wir verbunden, das Kind, Johann und ich in jener eigentümlichen Erfahrung, die Marie uns geschenkt hatte.

Wir standen noch eine Weile beisammen, bis Johann das Kind wieder an sich nahm. Er sagte nicht viel, ein paar Worte höchstens, vielleicht sagte er auch gar nichts mehr. Ich habe es vergessen. Es ist nicht wichtig. Ich weiß nur, dass die beiden zurück zu Marie gingen, wo sie hingehörten. Aber diesmal blieb ich nicht allein: Der Igel war zurück und ruhte zwischen meinen Wurzeln, und in meinen Ästen und Zweigen spürte ich noch immer den schwachen Abdruck des Kindes. Ich erneuerte seine Spur jeden Tag in meiner Erinnerung, so lange, bis Marie schließlich kam, ihre Tochter in den Armen.

Sie trat auf mich zu, noch ganz blass und durchsichtig, aber sie war da. Ich streckte die Äste aus und sie legte das Kind hinein, an dieselbe Stelle, an der es schon einmal gelegen hatte.

So hätte ich für immer stehen können – so stehen und mich selbst vergessen. Mich selbst und das Fortschreiten der Zeit. Ich wollte nicht zurück in die Sprache und hatte diesen Punkt doch längst überschritten. Ich war schon mitten in der Sprache und im Denken. Von Anfang an war ich in die Menschendinge verstrickt gewesen, hatte mich hineinziehen lassen. Und nun wollte ich zurück in mein Baum-Sein und zugleich wollte ich an Marie und dem Kind festhalten. Selbst Johann wollte ich nicht mehr aufgeben. Ich wollte die drei packen und mit ihnen untertauchen im verschwiegenen Meer der Natur. Und nicht mehr auftauchen.

Aber Marie stupste mich an und sagte: „Warte nur, noch ein paar Jahre, dann gibt es kein Halten mehr, dann klettert sie in dir herum, so wie ich das früher getan habe. Dann klettern wir beide hinauf bis ganz nach oben."

Bilder stiegen in mir auf, die Erinnerung daran, wie Marie zum ersten Mal an mir hochgestiegen war, wie ihre kleine Hand so sicher meine Äste umschlossen hatte. Unser erstes Gespräch. „Und Johann", fragte ich schließlich, „was ist dann mit Johann?"

Sie lachte. „Der steht unten und passt auf, dass wir nicht herunterfallen, und fängt Linda auf, falls es doch passiert."

„Ich würde euch doch nicht herunterfallen lassen", sagte ich und zog das Kind, Linda, etwas näher an mich heran. Sie war eingeschlafen. „Linda – ist das ihr Name?" Ich flüsterte es nur, ich wollte sie nicht wecken. Mir gefiel der Klang. Marie und Johann. Und Linda. Marie und Johann und Linda. Das passte.

„Wie könnte sie denn sonst heißen?“, entgegnete Marie. Ich verstand nicht. Soweit ich wusste, gab es unendlich viele Namen. Ein ganzer Fluss, ein Strom von Namen zog an mir vorüber. Jeder der Menschen, die ich kennengelernt hatte durch die Jahrhunderte, hatte einen eigenen, anderen Namen getragen. Marie schien sich zu wundern. „Aber das ist doch völlig klar, weil du eine Linde bist!“

„Was ist das, eine Linde?“ Ich hatte das Wort noch nie gehört. „Nennst du mich so, ist das der Name, den du mir gegeben hast? Nennt ihr beide mich so, Johann und du, wenn ihr von mir sprecht?“

„Aber nein“, es war ein leises Lachen in Maries Stimme. „Alle nennen dich so, das ist deine Art. Unter den Bäumen bist du eine Linde.“

„Nur ich?“

„Nein, nicht nur du. Es gibt viele von deiner Art. Alle Bäume, die so aussehen wie du, mit herzförmigen Blättern und einer braunen, erst glatten und später rissigen Rinde, sind Linden.“

Ich schwieg, ich erinnerte mich: Früher, als ich noch jung war, hatte ich hier nicht allein gestanden. Zu dritt hatten wir den Gerichtsplatz umschlossen. Nun fielen sie mir wieder ein, die beiden anderen, mit denen ich so eng verbunden gewesen war und die schon längst fort waren. Doch ich wusste noch nicht, dass bald wieder ein zweiter Baum bei mir stehen sollte. Eine neue Linde. Ich konnte nur daran denken, dass ich nicht allein war, dass es viele gab von meiner Art. Und wie seltsam es war, dass ich das vergessen hatte: einmal nicht allein gewesen zu sein. Mit meinesgleichen gesprochen zu haben. Anders natürlich als mit Hans damals oder mit Marie, aber doch, wir hatten miteinander gesprochen. Die Sprache war nicht nur eine Sache der Menschen.

Marie stupste mich noch einmal an: „Das hast du wirklich nicht gewusst?“

„Dass ich eine Linde bin? Nein, woher hätte ich das wissen sollen? Aber dass es andere von meiner Art gibt, ja, das ist mir wieder eingefallen. Früher waren wir hier zu dritt.“

„Das stimmt“, sagte Marie, „die Großmutter von Johann hat es mir erzählt.“

Ich überlegte kurz. So alt konnte diese Frau doch noch gar nicht sein, dass sie von Dingen wusste, die dermaßen weit in der Vergangenheit lagen, dass ich sie selbst vergessen hatte. „Woher weiß sie das?“

„Keine Ahnung, man erzählt es sich eben. Einer sagt es dem Nächsten weiter und so geht es über Jahrhunderte.“

„Und daher weißt du auch, dass ich eine Linde bin?“

„Nein“, entgegnete Marie, „das habe ich in der Schule gelernt. In Heimatkunde. Das lernen alle Kinder. Die Bäume und Pflanzen zu bestimmen.“

Die Menschen sind schon seltsam, dachte ich, allem müssen sie einen Namen geben. Und dann sitzen sie in der Schule und lernen diese Namen, anstatt einfach nach draußen zu gehen und sich die Welt anzuschauen. Als wäre die Welt nicht da, wenn sie keinen Namen hätte. Gut, dass Marie nicht in der Schule geblieben war. Gut, dass sie zu mir gekommen war. Das Kind, Linda, regte sich zwischen meinen Zweigen und ich gab sie Marie zurück. Sie hatte Recht, natürlich, ich freute mich jetzt schon auf die Zeit, in der das kleine Mädchen in mir herumklettern würde. Ob sie wie ihre Mutter werden würde, so klar und mutig? Oder ob sie mehr nach dem Zweifler Johann geraten würde? Es spielte keine Rolle: Sie würde hier sein, bei mir. Darauf kam es an.

8

Alles ist anders. Alles fällt auseinander. Es ist etwas geschehen, das ich niemals erwartet hätte. Zumindest jetzt noch nicht. Noch nicht so schnell. Und das hat nichts mit Linda zu tun. Oder jedenfalls nichts mit Marie und auch nichts mit Johann, an den ich ab und an noch denke, der noch manchmal bei mir vorbeikommt. Es ist etwas geschehen mit mir und ich weiß plötzlich nicht, ob mir genug Zeit bleiben wird, die Geschichte zu Ende zu erzählen. Eins nach dem anderen zu berichten, das Wichtige und das Unwichtige voneinander zu trennen, so, wie es sich eben gehört für eine Geschichte. Ich weiß nicht einmal mehr, ob es überhaupt noch eine Geschichte ist. Ob es jemals eine war. Ob nicht ich eine daraus gemacht habe, aus allem, was passiert ist. Was ich gesehen habe. Was ich mir vorgestellt habe. Aus all dem habe ich eine Geschichte gemacht, ich habe diesen Dingen einen Rahmen gegeben, ich bin selbst zu diesem Rahmen geworden und in diesem Rahmen wurden sie zu etwas, das sie vorher nicht gewesen waren. Oder das sie doch gewesen sind. Und das bloß niemand gesehen hat.

Dieser Rahmen ist immer noch da. Und ich bin noch da. Aber die Dinge haben sich grundlegend verändert. Ich habe mich verändert, auf eine ganz und gar endgültige Art und Weise. Doch um eine solche Erzählung und ihre Struktur aufrechtzuerhalten oder überhaupt erst einmal herzustellen, muss jemand eine Schneise schlagen durch das Dickicht des

Gewesenen. Und dazu wiederum braucht es einen Standpunkt und eine Perspektive, das habe ich von den Menschen gelernt. Aber diesen Standpunkt habe ich verloren und die Perspektive hat sich verändert. Wenn ich schon früher immer wieder mühsam an der Grenze des Sagbaren entlanggegangen bin, dann habe ich sie jetzt überschritten und bin zurückgekehrt in jenen Bereich, den Worte nicht berühren. In dem Worte keine Rolle spielen.

Aber ich bin ja nicht allein. Noch kommen ja Menschen hierher. Noch bin ich da. Also muss ich auch etwas sagen, mit dieser Stimme, die gar nicht meine Stimme ist. Selbst wenn es sich ab und zu, in der letzten Zeit vor allem, so angefühlt hat, als könnte ich eine Stimme haben. Und irgendeine Art von Stimme hatte ich ja, und sie taugte dazu, mit Marie zu sprechen und mit Johann. Und später mit Linda, auch wenn das Sprechen mit Linda ein ganz anderes Sprechen ist als das mit Marie.

Denn es kam so, wie Marie es vorhergesehen hatte, und es kam doch anders: Linda wuchs heran und wurde groß, nach ein paar Jahren schon kletterte sie in mir herum, saß zwischen meinen Zweigen, an mich geschmiegt, wie früher Marie. Und obwohl sie sich natürlich in vielerlei Hinsicht von ihrer Mutter unterschied, so erinnerte es mich doch an den Sommer, in dem ich Marie kennengelernt hatte.

Diese Tage sind noch gar nicht lange her. Ich dachte nicht mehr an die Zeit und ans Vergehen. Ich dachte ans Hiersein, aber nicht ans Bleibenwollen. Linda war da und mit ihr kamen die Gedanken an Marie, und auch an Johann. Ganz ohne Worte. Ohne Erklärungen und Fragen. Irgendwann dachte ich gar nicht mehr. Nicht daran, was morgen sein würde, nicht daran, was einmal war. Nicht an Marie. Und nicht an Johann. Und das war gut so. Ich kehrte in mich selbst zurück. Ich war wieder ein Baum.

Wenn Linda kam, dann redeten wir zwar miteinander, aber es war ein Sprechen ohne Worte, das trotzdem nicht stumm war. Sie kam, saß bei mir, im Gras, an meinen Stamm gelehnt, oder oben, auf einem der Äste. Der Wind fuhr durch uns beide hindurch, der Wind nahm uns zusammen. Ihr Atem, ihr Herzschlag, der Rhythmus ihrer Schritte, mit denen sie gerade auf mich zugetreten war, in denen auch die Schritte Maries steckten, das alles strömte zwischen uns hin und her. Wie vom ersten Moment an, als Johann mit dem winzigen Kind auf seinen Armen zu mir gekommen war, als er mir dieses Kind anvertraut hatte. Und da war auch Marie, und da war Johann, und da waren Hans und der tote Schäfer. Und Eugen war auch da. Und alles, was geschehen war. Und alle Toten, von denen sie mir erzählt hatten. Und auch die, die sie verschwiegen hatten. Die alte Frau, wie sie händeringend vor mir stand. Alle Kinder, alle Verliebten.

Alles war da und strömte in mich hinein und wieder heraus aus mir. Zu Linda und durch sie hindurch. Aber keine Gedanken mehr, keine Qual, nicht die Frage, wie eins zum andern passte. Wo es hingehörte. Warum es überhaupt da war und wie lange es wohl bleiben würde. Und was wäre, wenn es wieder fort wäre. Keine Gedanken, keine Erinnerung, keine Bilder. Auch keine Gedanken daran, wie es möglich sein konnte, dass ich zu Linda eine so viel stärkere Verbindung spürte als zu Marie, obwohl doch auch Johann in ihr steckte. Johann, der Zweifler. Eine so starke Verbindung, dass ich auch jetzt kaum darüber sprechen kann. Weil sie in den Worten keinen Raum findet. Und auch nicht dazwischen. Ich war frei und möchte es wieder sein.

Diese Freiheit schuf Platz für Früheres, für Sommerstürme und Gewitter. Für das Rauschen des Regens. Für alle Tiere, die jemals bei mir Unterschlupf gesucht hatten, die zwischen meinen Wurzeln gestorben waren. Die dort noch immer lagen. Und auch für die anderen Bäume war wieder Platz in mir.

Die beiden Linden, die hier früher gestanden hatten, waren plötzlich wieder da und ich spürte, wie ich einmal mit ihnen verbunden gewesen war. Denn damals, in der Nacht meines großen Zorns, in der ich getobt und gewütet hatte, in dieser wilden Nacht war ich nicht allein. Die beiden anderen waren auch da. Waren da und hielten mich und verhinderten, dass ich mir alle Wurzeln ausriss, dass ich mir die Wurzeln ausriss und loslief, auf und davon. Loslief und ein Mensch wurde, das hatten die beiden verhindert in jener Nacht. Ich spürte es wieder, wie ihre Wurzeln sich um meine gelegt, wie sie sich gestrafft hatten, wie das Wasser durch uns hindurchgeflossen war, als wären wir eins. Und wie sie auch später an mir festgehalten hatten, als die Nacht vorbei war, als die Wurzel in meinem Inneren saß, wo sie nicht hingehörte, wo sie mich juckte und quälte. Das hatte ich wieder in mir, dafür machte Linda Platz mit ihrem Schweigen. Mit ihren Gedanken. Das hatte ich vergessen wollen, so sehr, dass ich es schließlich auch vergaß, denn so sind die Menschen und so wollte ich auch sein: allein. Für sich. Kommen und gehen, wie man will. Alles hinter sich lassen, sich umdrehen und verschwinden. Ich konnte das nicht und wollte es doch so sehr und musste deshalb vergessen, dass mich jemand hier gehalten hatte. Als die beiden starben, in derselben Nacht, beim selben Gewitter, da hielt ich nicht fest an ihnen, sondern war nur froh, dass es nicht mich getroffen hatte. Dass ich noch bleiben konnte. Und als die Leute kamen und sie klein hackten und das Holz mitnahmen, zum Heizen oder um ihre Menschendinge daraus zu machen, da war ich froh, dass ich nun allein war. Wenigstens allein, hatte ich gedacht, wenn ich schon nicht fortkonnte. Ich hatte gedacht, dass so die Freiheit wäre. Jetzt hält mich niemand mehr. Und niemand hält mich fest. Jetzt liege ich hier ganz allein. Ich weiß, da ist noch die zweite Linde, meine kleine Schwester, wie sie sie nennen, aber das ist eine andere Geschichte und diese Geschichte erzähle ich nicht heute. Denn heute ist mir nicht nach Geschichtenerzählen. Und wie soll man auch erzählen, während man gerade zerfällt. Und wie soll man erst von diesem Zerfallen sprechen.

Heute ist mir nach Liegen. Gerne würde ich hier liegen bleiben. Für immer, bis ich verschwunden bin. Das ist dann mein Immer und nicht das der Menschen. Deren Immer geht noch weiter, wenn meines schon vorbei ist. Die Dinge haben sich verkehrt, denn sonst war ich es, der die Menschen überlebte und zusehen musste, wie sie verschwanden. Selbst Marie ist schließlich verschwunden. Hat sich verändert und ist nun fort. Oder doch nicht ganz. In ihrem Verschwinden kommt sie auf mich zu. Wie sie schon immer zu mir gekommen ist. Aber heute will ich nicht daran rühren. Heute will ich bloß hier liegen. Liegen und ausruhen. Auch wenn es mir schwerfällt, mich ganz an dieses Liegenbleiben zu gewöhnen – schließlich habe ich so lange gestanden und liege erst seit so kurzem –, ist es doch angenehmer als gedacht. Und ein Wiederaufstehen wird es nicht mehr geben. Also liegen bleiben. Geschehen lassen, was sowieso geschieht. Nicht festhalten, nicht loslassen. Ein bisschen Wasser fließt immer noch in mir und ein paar Dinge möchte ich noch sagen, auch wenn ich bezweifle, dass eine Geschichte daraus wird. Es ist eine große Müdigkeit in mir und diese Müdigkeit wird mich nicht mehr verlassen.

Vielleicht ist es diese Müdigkeit, die mich hat umfallen lassen. Diese Müdigkeit und das Wissen, dass etwas vorbei ist. Dass ich nicht bereit bin, noch einmal von vorn zu beginnen. Mehr brauchte es nicht. Keinen Sturm, keine menschliche Hand. Ein Luftzug, ein winziger Hauch und ich habe mich fallen lassen in diesen Hauch. Eine neue Erfahrung, großes Risiko. Eine letzte Bewegung. Meine heftigste. Selbst die Erde hat sich gerührt, als ich auf dem Boden aufkam, ein einziger, ein großer Schlag, vieles ist da schon zerborsten und zerbrochen. Aber das stört mich nicht. Ich bin immer noch ein Baum, selbst jetzt, wo ich hier liege und an ein Wiederaufstehen nicht zu denken ist, wo es nur immer weiter hineingeht in diese Erde, auf die ich gerade noch aufgeschlagen bin, selbst jetzt bin ich noch ein Baum. Und etwas lebt in mir. Und diese Grenze zwischen Leben und Tod ist weder hauchdünn, noch ist sie endgültig. Wenn es mein Leben nicht mehr ist, dann ist es eben das Leben eines anderen.

Denn ich bin nicht der einzige Baum, der auf eine solche Art, vor der Zeit, verschwindet. Viele Bäume verschwinden, ganze Gruppen von Bäumen, Bäume, die noch lange nicht so alt sind, wie ich das bin. Das hat Linda mir erzählt. Linda, die immer noch zu mir kommt, die immer noch bei mir sitzt, nicht in meinen Ästen natürlich, denn die gibt es kaum noch, die sind alt und morsch, und auch Linda ist längst schon kein Kind mehr, selbst ihr Kind ist keines mehr. Und hat ein eigenes Kind. Sie sitzt auf dem Rand des Metalls, das um mich gespannt ist, und da sitzt sie gut, eine Hand an meinem Stamm, und das spüre ich immer noch und da fließt auch etwas, aber das spielt heute keine Rolle, heute geht es um andere Dinge. Denn ich bin nicht der einzige Baum, der vertrocknet, umfällt und verschwindet. Die Menschen schauen nur mit einem anderen Blick auf mich. Weil ich mich ihnen angenähert habe, so dass ich nun nicht mehr so leicht verschwinden kann aus ihrem Blickfeld. Ich bin auf sie zugegangen, ich bin ihnen nahe gekommen, so nahe, dass ihr Blick zuletzt einen Raum um mich geschaffen hat, den man jetzt auch sehen kann. Vielleicht sogar besser als zuvor. Denn selbst wenn ich ihn nicht mehr ausfülle, ist dieser Raum noch da und erinnert daran, dass es einmal mein Raum war. Und auch der ihre. Dass dieser Raum eine Schwelle ist, die wir immer wieder überschreiten.

Wie heute. Die ich jetzt gerade überschreite. Indem ich von diesen Dingen spreche, von denen niemand sprechen kann. Kein Mensch, kein Baum. Schon gar kein umgestürzter, halbtoter Baum. Aber ohne diese sichtbar gewordene Schwelle gäbe es diese Worte hier nicht und wir hätten uns nichts zu sagen. Andere Bäume, an anderen Stellen, sterben auch. Da schaut kaum jemand hin, sagt Linda, während ihre Hand sacht über die brüchigen Reste meiner Rinde streicht.

Selbst wenn sie mit ihren Menschenhänden etwas zaubern, aus einer Wurzel, aus einem Trieb, das werde ich nicht mehr sein und es wird auch nicht mein Kind sein. Auch wenn das ein schöner Gedanke ist. Ich bin im Verschwinden begriffen, und was man für mich tun kann, ist, mich gehen zu lassen. Dabei zu sein und es auszuhalten, dass ich verschwinde. Denn bis ich ganz fort bin, das wird noch eine Weile dauern. Und auch wenn es schön ist und mich erfrischt, dass mir jeden Tag Wasser gebracht wird, so wird es mich doch nicht retten. Jetzt, in diesem Moment, sehe ich noch aus wie ein Baum, der bloß umgestürzt ist, aber auch das wird sich verändern. Und das ist gut so. Diesem Zustand gehe ich entgegen. Ich bedaure nichts. Ich freue mich darauf, denn es ist ja auch eine Bewegung. Und nach Bewegung habe ich mich immer gesehnt.

Und ich bin ja nicht allein. Linda ist noch da. Sie kommt jeden Tag, sie lässt mich nicht im Stich. In den Abendstunden, in den Morgenstunden, je nachdem, wie ihre Kräfte es zulassen, kommt sie und sitzt eine Weile hier bei mir. Auf dem Metallrahmen. Manchmal, wenn es ihr besonders gut geht, wenn sie sich übermütig fühlt, dann klettert sie auch in mich hinein, zwischen meine toten Äste. Das ist einfacher für sie, jetzt, wo ich umgefallen bin. Sie weiß, dass sie es nicht darf. Sie hat die Schilder gelesen. Aber sie ist bereit, das Risiko einzugehen. Und so ist sie wenigstens geschützt vor den Blicken der anderen. Noch hat sie niemand entdeckt. Sie macht sich klein, sie schmiegt sich in mich hinein, sie legt ihre Arme um mich. Und sie erzählt mir viel, auf ihre stumme Art. Von Büchern, die sie gelesen hat. Aber auch von den anderen Bäumen. Vom Meer. Vom Zustand der Welt. Der ihr Angst macht, dem sie nichts entgegenzusetzen hat. Manchmal liest sie mir auch etwas vor und dann höre ich ihre Stimme. Denn Vorlesen geht nicht ohne Worte. „Hör zu", sagt sie dann immer, „was ich gelesen habe." Und dann liest sie:

„Drei Hypothesen gibt es über die Einwohner: dass sie die Erde hassen; dass sie genug Respekt vor ihr haben, um jeden Kontakt mit ihr zu meiden; dass sie die Erde lieben, so wie sie vor ihnen war, und nicht müde werden, sie mit abwärts gerichteten Ferngläsern und Teleskopen zu bewundern, Blatt für Blatt, Stein für Stein, Ameise für Ameise, um fasziniert die eigene Abwesenheit zu betrachten."[4]

Ich weiß, dass es ihr zu schaffen macht, wie die Menschen sind, wie sie mit der Erde umgehen. So wie früher Marie. Aber Lindas Tochter und deren Tochter sind anders, meint Linda, die wehren sich. Das ist unser Leben, sagen sie, unsere Zukunft. Wir haben nur diese eine Welt. Und deshalb gehen sie los, hier, aber auch woanders. Wollen, dass sich etwas verändert. Und Linda findet es gut, aber für sie ist das nichts, sagt sie. Sie war ihr Leben lang hier. Wie soll sie jetzt anfangen, woanders hinzugehen? Sie geht lieber in Gedanken. Jeden Tag.

Da vorne, sagt sie, da vorne beginnt schon die Steppe. Der Wind weht und Sand weht im Wind und lange, goldene Schleier flattern. Die Karawane bricht auf und ich will mit ihr ziehen. Aber diese Ferne ist so fern, das kann man sich gar nicht vorstellen. So weit kann man gar nicht denken. Nicht einmal in Gedanken kann man diese Ferne erreichen. Von dieser Ferne hat sie in einem Buch gelesen, aber sie ist sich nicht sicher, ob die Geschichten in diesem Buch überhaupt wahr sind, ob sie stimmen. Mir ist das egal, solange sie sie nur weiter mit mir teilt. Und da holt sie das Buch aus ihrer Rocktasche, blättert darin und liest:

„Die Fremdheit dessen, was du nicht mehr bist oder nicht mehr besitzt, erwartet dich am Eingang zu fremden und nicht besessenen Orten.“[5]

Sie schlägt das Buch wieder zu und lässt es sinken. Ihre Stimme geht durch mich hindurch wie der Wüstenwind, obwohl sie schon längst schweigt, weht er noch. Sie sitzt bei mir, in mir, die Sonne scheint heiß auf uns herab, und wir schauen beide der Karawane hinterher. In der Ferne sehen wir, wie der erste Reiter schon die Stadtmauer zur Oase passiert. Wie das Tor sich hinter dem Letzten schließt. Sie nimmt das Buch noch einmal auf. Ihre Finger streichen über das Papier, über mich:

„Wenn du wissen willst, wie viel Dunkel dich umgibt, musst du deinen Blick auf die schwachen Lichter in der Ferne konzentrieren."[6]

Jetzt steckt sie das Buch weg, jetzt ruhen ihre Hände. Ich kann sie kaum noch hören.

9

Ich bin kaum noch da. Und was ich heute sage und erzähle, wird das Letzte sein. Danach gibt es keine Worte mehr. Nicht von mir. Mit dem heutigen Tag endet meine Geschichte. Jedenfalls was die Menschen und ihren Anteil daran betrifft. Was danach kommt, was mit mir geschieht, soll wieder ganz die Sache der Natur werden. Das wünsche ich mir, auch wenn das kaum möglich ist – und selbst das Wünschen ist ja schon etwas, das mit mir nichts zu tun hat. Oder nichts zu tun haben sollte. Eine Menschenangelegenheit. Wie die Sehnsucht. Und die Natur. Die gibt es auch nur, weil sich die Menschen einen Begriff von ihr gemacht haben. Hier die Natur und da die Menschen. Etwas, das erst erfunden und jetzt zerstört wird. So viel habe ich verstanden in den letzten Jahrhunderten, die nicht meine Jahrhunderte waren, denn ein Baum denkt nicht. Und er denkt auch nicht in Zeitläuften. Wie also soll ich jetzt verschwinden in einer Natur, die es längst nicht mehr gibt, die es vielleicht nie gegeben hat. Die erst das Leben war und dann ein Begriff. Wie soll ich jemals wieder herauskommen, aus diesen Worten und Begriffen, aus dem Rahmen, in den ich gesetzt wurde?

Was ich hier erzählt habe, war nicht gelogen, aber es war doch eine Täuschung mit im Spiel. Und ich hoffe, dass man mir das verzeihen kann: dass ich Dinge behauptet habe und Zusammenhänge hergestellt, wo es keine gab, wo alles unverbunden nebeneinanderlag und sich nur unter einem

Blick zusammengefügt hat, der nicht meiner war. Oder doch. Oder nicht. Und alles Unverbundene ist unter diesem Blick zu etwas geworden, was es vorher gar nicht war. Und trotzdem gab es mich ja. Es gab mich und gibt mich noch, auch wenn ich jetzt verschwinde, auch wenn ich zum Teil den Gedanken und Vorstellungen anderer entsprungen bin, gab es mich. Sonst könnte ich jetzt nicht verschwinden und man könnte mir nicht zuschauen dabei, wenn es mich nicht gegeben hätte. Und es gab ja auch Hans und den toten Schäfer und alle Richter und Verurteilten, und Eugen gab es auch. Und Marie natürlich. Aber auch Marie ist nicht mehr da. Oder nur gerade noch, aus einer Perspektive betrachtet, die eher eine Perspektive des Lebens ist als eine der Menschen. Marie ist mir vorausgegangen. Wir beide sind nicht mehr vollständig da, sind noch nicht vollständig verschwunden. Unser Verschwinden dauert an. Mein Verschwinden ist sichtbar – spätestens seitdem ich umgestürzt bin in diesem Frühjahr –, Maries dagegen vollzieht sich in Bereichen, die den Blicken entzogen sind, erst in ihrem Haus, das eigentlich Johanns Haus war, das ich selbst nicht kenne, das ich mir vielleicht ausgedacht habe, und nun in der Erde. Doch auch wenn unser Sterben sich genauso voneinander unterscheidet wie unser Leben, so sind wir doch miteinander verbunden in diesem Prozess. Und nicht nur Marie und ich sind es, sondern auch Linda, natürlich, und Johann. Denn Johann ist noch da. Und Linda auch. Und dies hier ist die letzte Geschichte, die ich von uns erzählen werde.

Nach Lindas Geburt ist Marie nur noch ein einziges Mal in mich hineingeklettert, sie hat sich nicht mehr richtig erholt.

Als hätte sie alles Leben an das Kind abgegeben, wurde sie von Woche zu Woche, von Monat zu Monat, von Jahr zu Jahr blasser und schwächer. Bis sie schließlich kaum noch da war. Als sie das erste Mal mit Linda bei mir war, als sie das Baby behutsam zwischen meine Zweige legte, da sprach sie noch davon, dass sie bald beide auf mir herumklettern würden. Ich erinnere mich an ihre Worte, an ihre Stimme, die ich so lange nicht gehört hatte, die sich verändert hatte und die ich doch erkannte. Daran erinnere ich mich und wie sie mich dabei mit ihrer rauen Hand leicht anstieß, auf meiner Rinde herumklopfte, wie sie das immer getan hatte. Und ich erinnere mich an die Bilder und Gefühle, die damals in mir aufstiegen, daran, wie Marie zum ersten Mal auf mich geklettert war, wie ihre kleine Hand so sicher meine Äste umschlossen hatte. Und an unser erstes Gespräch. Diese Tage hat es wirklich gegeben. Auch meine Frage nach Johann fällt mir jetzt wieder ein: „Und Johann, was ist dann mit Johann?“ Ich höre ihr Lachen. Dieses Lachen habe ich seitdem nicht mehr gehört, oder nur einmal noch, ganz leise, aber es treibt sich bis jetzt in mir herum, kitzelt mich mit seinen sanften Spitzen. Dieses Lachen wird nicht mehr herausgehen aus mir. „Der steht unten und passt auf, dass wir nicht herunterfallen, und fängt Linda auf, falls es doch passiert.“ Ich hatte das Kind etwas näher an mich herangezogen.

Und Johann stand tatsächlich unten und passte auf. Johann hielt Wache. Und das tut er immer noch, wenn auch nicht mehr so oft. Johann ist ein alter Mann geworden. Beinahe ein Jahrhundert alt. Oder ist er es schon? Ich weiß es nicht, es spielt keine Rolle. Auf seine Art ist er älter, als ich es bin. Als ich es jemals sein werde. Er war eine Weile nicht mehr hier, das letzte Mal im Frühjahr, kurz nachdem ich umgestürzt bin. Mühsam ist er über den Rahmen gestiegen und hat sich zu mir gesetzt, hat seine alte Hand auf mich gelegt. „Jetzt gehst du auch“, hat er immer wieder gesagt, „jetzt gehst du auch und ich bin noch da. Und Marie ist fort und ich bin noch da.“ Ich ließ ihn reden, wir hatten lange nicht geredet. Seine Stimme war trocken, er schluckte und schluckte zwischen den Worten und klopfte mit der Hand auf meiner Rinde herum und schluckte und klopfte, als wollte er nie mehr aufhören damit. Als wollte er für immer hier sitzen und schlucken. Auf mir herumklopfen. Nach Worten suchen, die es nicht gibt. „Jetzt gehst du auch und ich bin noch da.“ Sonst hatte er einfach bei mir gestanden, war auf und ab gegangen, nach einer Weile wieder verschwunden. Seine Schritte erst im Gras und dann auf dem Weg, meine unruhigen Gefühle dazwischen. Immer noch. Obwohl Marie ja jetzt hier ist und nicht mehr bei ihm. Und auch Linda hat er verloren. Sein Haus ist leer geworden. Und plötzlich sitzen wir gemeinsam auf der Grenze, die Leben und Tod voneinander trennt, miteinander verbindet. Aber wir können nicht ewig hier sitzen. Wir müssen hindurch durch dieses poröse Gebiet, diese undurchdringliche Dichte. Jeder von uns. Jeder für sich. Doch vorher die Worte. Woher die Worte nehmen? Ich bin kaum noch da. Mag nur noch hier liegen und liegen und langsam verschwinden.

Ich muss von Neuem beginnen. Ich muss das anders erzählen. Damals, als das Verschwinden von Marie begann, war Johann noch jung. Und stark. Jünger, als ich es war. Und auch wenn Marie immer seltener kam, Johann war da. Und er brachte Linda. Über Marie redeten wir kaum. Ich wusste, sie war zu Hause, lag im Bett und stand nur manchmal noch auf. Um die paar Schritte vom Bett zum Fenster zu gehen, sich dort auf die Bank zu setzen, die Stirn an der Scheibe. „Aber selbst wenn sie am Fenster ist, schaut sie nicht raus", sagte Johann einmal. „Selbst dann hält sie die Augen halb geschlossen, den Blick nach innen gerichtet, sagt kein Wort." Er stand unten im Gras, die Hände in den Taschen, Linda kletterte in mir herum.

Anfangs waren sie zum Arzt gegangen, der nichts weiter fand – außer einer großen Erschöpfung. Einer Traurigkeit vielleicht. Er verordnete Ruhe. Zum Glück war Johanns Mutter da und konnte einspringen. Sie versorgte das Kind. „Sie blüht regelrecht auf", hatte Johann einmal gesagt. Und hinzugesetzt: „Und Marie verkümmert. Ich erkenne sie gar nicht mehr." Ich schon. Ich erkannte sie wieder. Sie hatte schon einmal solche Zustände des Verstummens und In-sich-gekehrt-Seins gehabt. Damals, im Krieg und kurz danach. Als sie erst fortblieb und dann schweigend wiederkehrte, schweigend zwischen meinen Zweigen saß. Damals hatte das begonnen, diese Schwere, diese Traurigkeit. Es hatte mit dem Krieg zu tun und dem, was in ihm geschehen war. Mit dem Abgrund des Bösen oder der Gleichgültigkeit dem Bösen gegenüber, in den sie geschaut hatte und von dem sie den Blick nicht mehr abwenden konnte. Das alles war nicht lange her. Sie erholte sich nicht mehr davon. Und ich weiß noch, wie fassungslos sie war, als sie mir von ihrer Schwangerschaft erzählte. „Das Leben", hatte sie gesagt, „das läuft einfach immer weiter. Wo nimmt es bloß dieses

Recht her?“ Nun hatte sie selbst dieses Leben fortgesetzt, hatte ein Kind geboren. Ich dachte manchmal, dass sie damit ihre Aufgabe für erfüllt hielt. Dass sie mehr einfach nicht geben konnte. Dass es schon zu viel gewesen war. Dass sie sich nicht verzeihen konnte, selbst auch einfach weitergemacht zu haben. Wie die anderen. Es ist die Folgerichtigkeit des Lebens: dass einer kommt und einer geht. Und manchmal dauert dieses Fortgehen sehr lang und manchmal geht es schnell. Der Schäfer damals ging mit einem Schlag, oder mit ein paar Schlägen wenigstens. Mit einem Stich. Dann war das Leben aus ihm verschwunden. Er lag zwar noch hier und das Blut lief aus ihm heraus, aber er selbst, jedenfalls das, was die Menschen für dieses Selbst halten, war schon längst weg. Anders bei Marie. Maries Fortgehen dauerte an. Es war ein langer Weg. Ich bin nicht sicher, ob nicht dieses Fortgehen der eigentliche Ausdruck ihres Selbst war. Ob nicht ihr langsames Verschwinden, das Loslassen von allem, ihr eigentliches Dasein war. Ich habe einmal versucht, mit Johann darüber zu sprechen, aber er wollte davon nichts hören. So wie er von vielem nichts hören wollte.

Immerhin kam er weiter zu mir. Als wäre er Maries Stellvertreter, als müsste er das tun, um Marie am Leben zu halten, kam er jede Woche zu mir. Auch als Linda schon eine junge Frau war und immer seltener in mir herumkletterte, kam Johann immer noch. Meistens morgens, kurz bevor die Sonne aufging, wenn noch alles dunkel war, oder nicht mehr ganz dunkel, aber auch noch nicht hell, wenn es also hier noch dunkel war und etwas weiter weg schon hell, dann hörte ich seine müden Schritte. Als hätte Marie ihn angesteckt mit ihrer

Müdigkeit. Und eines Tages sprach er doch. „Linda ist verrückt", sagte er. Er schrie es beinahe. „Sie will, dass wir Marie herbringen. Aber das schafft sie nicht. Das wird sie nicht überleben." Eine wilde Freude stieg in mir auf. Marie wird kommen, Marie wird hier sein! Eine deutliche Empfindung: ihre festen Hände auf mir, ihre geschickten Füße und wie sie sich gegen mich lehnte. Marie wird kommen! Ich war bereit. Aber Johann war es nicht. Johann wollte sie bei sich behalten, im Haus, wo sie nicht hingehörte. Linda wusste das, sie spürte es. Marie musste nach draußen.

Und dann kam sie. Vor allem anderen hörte ich ihre Schritte. Sie waren langsamer, sie waren schwächer, aber es waren Maries Schritte. Sie stützte sich auf Linda. Und auch Johann war an ihrer Seite. Sie kamen alle drei. Linda führte Marie an mich heran. Jetzt war sie da, jetzt setzte sie sich ins Gras und lehnte sich mit dem Rücken an meinen Stamm. Sie rieb mit dem Hinterkopf über meine Rinde, die immer noch langen Haare verfingen sich in der Borke, das zog ein bisschen, aber nicht schlimm. Sie war wieder da. „Hinauf", sie sprach so leise, ich konnte sie kaum verstehen und wusste doch sofort, was sie wollte. „Hinauf. Ich will hinauf." Linda rief nach Johann. „Hast du sie nicht gehört? Sie will hoch!" Ich hörte Johanns Schweigen. „Komm schon, du musst uns helfen. Alleine schaffen wir das nicht." Johann sprach kein Wort. Aber da waren seine Hände an meinem Stamm. Er beugte sich hinunter zu Marie, er nahm sie auf seine Schultern und gemeinsam schoben sie sie zu mir nach oben. Ich schloss meine Äste und Zweige um sie. Sie war wieder da. Sie war nie fort gewesen. Ihr kleines Gewicht und wie ihr ruhiger Atem über meine Rinde strich. Ein Wind, der seinen Ursprung in meinem Inneren hatte. Marie war da. Jetzt würde ich sie nicht mehr gehen lassen. Sie lehnte an meinem Stamm, die Beine lang auf einem Ast. Ich spüre sie dort immer noch, auch hier unten, auf der Erde, mit allem wenigen, was übrig ist von mir, spüre ich sie noch immer dort oben in mir sitzen. Ein leises Summen, ein fremdes Lied. Die Hände ruhig in ihrem Schoß. Sie hielt sich nicht fest. Sie beugte sich leicht nach vorne. Da war ihr Lachen wieder. „In dir wächst ein Baum." Sie beugte sich noch etwas weiter vor. „Hier, an deiner komischen Wurzel." Sie streckte sich danach. Es ging erst ein Kitzeln und dann ein Reißen durch mich hindurch. Etwas war für immer abgetrennt.

Es war nicht Linda, die herunterfiel. Johann fing sie auf. Er strauchelte, sie lagen zu dritt im Gras.

Das war es. Die Geschichte ist vorbei. Marie ist gestorben an diesem Tag, hier bei mir. Und Johann hat sie hier begraben. Das werde ich ihm nicht vergessen: dass er den nur mit einem Sandsack beschwerten Sarg zum Friedhof trug, dass er weinte über einem sinnlosen Grab. Dass er Marie zu mir brachte. Dass er sie zu mir gebracht hatte, an diesem Tag. Und zwei Nächte später noch einmal. Dass er sie zu mir gebracht und hiergelassen hat.

Ich glaube, er hat mir verziehen, er ist ja noch manchmal gekommen. Aber Linda hat er nicht verzeihen können. Sie haben seitdem nicht mehr gesprochen. Manchmal höre ich seine Schritte, wenn Linda gerade bei mir ist. Bei uns. Und ich glaube, sie hört sie auch. Dann macht er kehrt und geht zurück in sein leeres Haus.

Aber Marie ist hier. Sie ist hier und wir kommen uns immer näher. Wir stehen am Eingang zu einem fremden Ort, wir wagen uns voran. Wir werden zu dem porösen Gebiet, das wir durchschreiten. Marie ist hier. Johann hat sie zu mir gebracht und er hat die zweite Linde gepflanzt, den Schössling, den sie aus mir gerissen hat bei ihrem Sturz. Sie wächst über Marie und mich hinweg und aus uns heraus. Sie ist das sichtbare Ende unseres Verschwindens. Wir sind beide noch da.

Anmerkungen

1 Das Zusammentreffen zwischen Marie, Eugen Kogon und der Linde entspringt meiner Fantasie. Historisch zutreffend ist allerdings, dass Kogon während seiner Tätigkeit als Berater der Psychological Warfare Division und freiwilliger Chronist für die US Army im Oberurseler Camp King im Winter 1945 den zweiten Teil seines Buchs „Der SS-Staat. Das System der deutschen Konzentrationslager“ schrieb, aus dem hier auch zitiert wird. Eine Begegnung mit der Linde liegt also zumindest im Bereich des Wahrscheinlichen.
2 Die Zitate stammen alle aus Eugen Kogon, Der SS-Staat. Das System der deutschen Konzentrationslager, 46. Auflage, München 2015, S. 150-152.
3 Ebd., S. 152.
4 Italo Calvino, Die unsichtbaren Städte, Frankfurt 2013, S. 83.
5 Ebd., S. 34.
6 Ebd., S. 65.

Nachwort

Ausgangspunkt für dieses Buch war die mindestens 400 Jahre alte Linde, die an einer zentralen Wegeverbindung für Radfahrer und Spaziergänger zwischen Oberursel und Bad Homburg steht. An dem Naturdenkmal, unweit des ehemaligen Dorfes Mittelstedten, wurde Gericht gehalten und über Generationen hinweg war und ist das „Lindenbäumchen" ein beliebter Treffpunkt. In den letzten Jahren ist die Linde aufgrund ihres Alters nach und nach abgestorben. Dieser historische Anknüpfungspunkt in der Landschaft drohte verloren zu gehen, und damit auch ein Stück lokaler Identität.

Im Rahmen eines Kunstwettbewerbs 2016 – getragen vom Kultur- und Sportförderverein Oberursel e. V., dem Regionalpark Rhein-Main und von der Stadt Oberursel (Taunus) – sollte an der alten Gerichtslinde ein dauerhaftes Kunstwerk entstehen, das diesen besonderen Ort in Szene setzt und dem gewachsenen Naturdenkmal und seinem geschichtsträchtigen Hintergrund Respekt zollt. Sieger des Wettbewerbs war das international tätige Künstlerteam Winter/Hoerbelt mit dem Entwurf „Lindenbäumchen, gerahmt". Die Künstler stellen das „stehende Totholz" des Lindenbäumchens in einen acht mal acht Meter großen weißen kubischen Rahmen, der die Anmutung einer Vitrine hat. Der dreidimensionale Bilderrahmen stellt die einst so prächtige Linde wieder in ein proportionales Verhältnis zu ihrer Umgebung, und zwar unabhängig von ihrer weiteren gesundheitlichen Entwicklung. Die Vitrine ist schon von Weitem zu sehen und weist dabei in der von landwirtschaftlichen Flächen geprägten Landschaft auf diesen historischen Ort hin. Der Wettbewerbsbeitrag von Winter/Hoerbelt beinhaltete nicht nur den „Baum als Skulptur", sondern auch das Konzept, dass zu der langen Geschichte der alten Gerichtslinde ein literarischer Text geschrieben werden sollte, der sich auf den Baum im Verhältnis zu seiner Umgebung bezieht. Dadurch sollte diese auf den ersten Blick rein visuell erfahrbare Kunst im öffentlichen Raum eine kontinuierliche literarische Begleitung erfahren, die auf die Geschichte des Ortes eingeht.

Saskia Hennig von Lange hat diese Aufgabe übernommen: Sie hat neun Episoden unter dem Titel „Der Baum denkt" geschrieben und von Oktober 2017 bis Oktober 2019 zum Wechsel der Jahreszeiten vor Ort vorgetragen. In den Episoden greift die Autorin auf reale Hintergründe aus historischen Aufzeichnungen und auch auf die vielen Erinnerungen, Anekdoten und Geschichten zurück, die die Menschen aus Oberursel und der Region mit dem uralten Lindenbaum verbinden. Hennig von Langes Ziel war es, ein textliches Gewebe aus realen und erfundenen Geschichten und Ereignissen zu erschaffen, das am Ende idealerweise „auch wieder in das orale Gedächtnis des Ortes" fließen wird. Seit der ersten Lesung wurde von den Zuhörenden nachgefragt, ob nicht aus der Geschichte auch ein Buch werden könnte. Auszüge aus den Episoden waren auf einem Blog unter www.saskiahennigvonlange.de/lindenbaeumchen nachzulesen.

Im Mai 2019 ist das Lindenbäumchen umgestürzt, vermutlich – so schätzen es Experten ein –, weil der Stamm innen durch Pilzbefall und Trockenheit im Jahr 2018 sehr angegriffen war.

Anja Littig,
Regionalpark RheinMain Taunushang GmbH

Udo Keidel-George,
Kultur- und Sportförderverein Oberursel e.V.

Saskia Hennig von Lange
Der Baum denkt

ISBN 978-3-96320-043-4

1. Auflage 2020

Illustrationen: © Lukas Kummer
Bildnachweise: © Bogenberger Autorenfotos (Umschlag);
© Meike Sudhoff (Umschlag);
© Stefan Cop (S. 114);
© Stadt Oberursel (Taunus) (S. 117)

Gesamtherstellung und Verlag:
Henrich Druck + Medien GmbH, Frankfurt am Main
Layout: Anne Fuß, Henrich Druck + Medien GmbH

www.henrich.de

Mit freundlicher Unterstützung von::

Kultur- und
Sportförderverein Oberursel e.V.

STADT
OBERURSEL
TAUNUS

REGIONAL
PARKRHEINMAIN

Stiftung Flughafen Frankfurt/Main
für die Region

HESSEN